優等生のウラのカオ
実は裏アカ女子だった隣の席の美少女と放課後二人きり
海月くらげ
ill. kr木
2
JN131583

「……あれ、アキも今帰り？」
藍坂秋人
Aisaka Akito
藍坂紅葉
Aisaka Akaha

「げ……アカ姉……」
間宮優
Mamiya Yu

「生で見たのは
初めてですよね。
どうですか？」

「離さないよ、絶対」

「……はぐれないようにだからな」

…　フォロー中

優等生のウラのカオ２

実は裏アカ女子だった隣の席の美少女と放課後二人きり

GA文庫

優等生のウラのカオ２
～実は裏アカ女子だった
隣の席の美少女と放課後二人きり～

海月くらげ

GA文庫

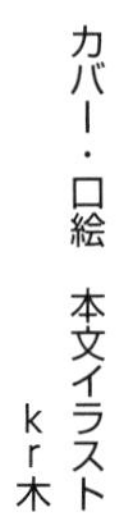
カバー・口絵　本文イラスト
kr木

Prologue

「――もう十二月かあ。早いね」

「そうだな」

放課後の教室。

並木からも赤や黄色の葉が落ちて、寂しくなった景色を窓から眺めながら言葉を零した間宮へ、条件反射的に短く返す。放課後独特の静けさと、隣の席の優等生――間宮優との気を抜けない時間にも慣れてきて、それが普通になりつつあった。

俺が放課後の教室に忘れ物を取りに行って、服をはだけさせながら自撮りをしていた間宮と偶然出会った秋の日から、もうひと月以上が経過している。

あの日、俺が間宮の胸を触っているように見える写真を撮られ、間宮から裏アカへ上げるための写真を撮っていたのだと秘密を半ば強制的に打ち明けられた。

そして、撮られた写真を脅迫材料にされたことで俺と間宮の関係が始まった。

俺に求められたのは放課後に間宮が裏アカへ上げる用の写真を撮ることだが、当然そういう用途で使うために写真は過激なものになる。成績優秀、容姿端麗で周囲からの信頼も厚い間宮がまさかそんなことをしているとは思わなくて、初めは嘘だと信じたかったが、時間を共にするにつれて間宮の二面性も受け入れられるようになった。

優等生と裏アカ女子。

相反するように思える二つの要素。

しかし、間宮優という一人の人間に備わっている面だ。

「これからもう寒くなるだけだね」

「雪も降るかもな」

「タイツも厚いのに変えないと。透け感が薄れちゃうね」

「そうなんだな」

冷たく返して、どうして俺の前ではこうなのかとため息をついた。俺の前でも常に優等生でいて欲しい。自然に素を見せてくれるのは時間と衝撃的な体験を何度も積み重ねた結果だけど、妙な緊張を感じざるを得ない。

というのも――――先日、面と向かって「好き」と告白されたばかりだ。

冗談ならこんなにも頭を悩まされることはなかっただろうけど、間宮の告白は本気で、嘘偽りなんて爪の先ほどもないことは、雰囲気と言葉に込められた熱量からして明白だった。

外の景色に目を細める間宮の後ろ姿を、椅子に座って課題を進める振りをしながら間宮に気づかれないよう盗み見る。

女子としては少々高めな身長と、その身体を誂えたかのように包み込む制服。均整の取れた後ろ姿。長く伸ばした髪は艶があり、雲間から差し込んでいる陽を反射させて淡い光を纏っているようにも見えた。

こうして眺める分には可愛さも多少は感じるが、あくまで一般論的な感性によるもの。

間宮は外の景色にも飽きたのか、ゆっくりと振り返る。

女性的な丸みを帯びた輪郭。客観的に可愛いと称して差し支えない間宮の整った微笑みが目に入る。目元は柔和に下がっていて、

「……ねえ、そんなに見られると流石に気づくよ。藍坂くんならいいけどさ」

「返しに困ることを言うな」

「困ってくれるんだ」

なんて、言葉の端々に「好き」を滲ませてくるものだから、間宮へどんな顔をして接したらいいのかわからない。

――俺は間宮からの告白を断っている。

間宮の好意には応えられないと言いながら、友達としては仲良くしてくれると嬉しいなんて、自分に都合の良すぎる返答をしてしまった。

それでも一緒にいてくれる間宮には感謝と、同じくらいの罪悪感を覚えてしまう。女性に対して過去のトラウマから不信感を抱いているとはいえ、不誠実な対応なのは変わりない。

いつかは答えを出さないと……と思っているけど、いつになるかは見当もつかない。

「答えは急がなくていいから。ちゃんと藍坂くんだけの気持ちで答えてくれるまで待つから」

間宮の言葉に小さく頷く。

――俺の気持ちだけで、か。

そうできたらいいと素直に思うよ。

「さて、と。そろそろ帰らない？」

「そうだな。暗くなると危ないし」

広げていた勉強道具を鞄に仕舞って、帰宅の支度を済ませた。冬が近づいているため、防寒としてコートを羽織る。まだ涼しいと感じる程度の寒さではあるけど。

「それ、あのとき買ったコートか」

「そうそう。似合ってるでしょ」

「まあ、似合うやつを選んだからな」

間宮が羽織っていたのはこの前買い物に連れ出されたときに買っていた黒いコート。得意げにくるりと回って見せられ、それに率直な感想を返すと嬉しそうに頬を綻ばせていた。

……こういうとこだよな、ほんと。

こうも無邪気で可愛げのある一面を見せられると、どうしても心の底から憎めない。そんな間宮の表情は秘密を握り合った脅迫関係――という名ばかりの信頼がなければ、目にすることはなかっただろう。

だから、というわけではないけれど、その笑顔を見ていると行き場のない感情が胸の内で渦巻いているような気分になる。悪いものではなく、目を逸らせない違和感にも似たもの。

浮かんできた思考を振り払い、間宮と並んで教室を出る。廊下を歩いて玄関へ。

満ちている空気はすっかり冬の到来を告げるように冷たく、思わず手を擦り合わせて熱を持たせようとする。

「本格的に寒くなる前にもう一回くらいお出かけしたいね」

「また荷物持ちをやれと?」

「いいじゃん。今なら隣に可愛い女子高生付きだよ?」

「……容姿だけの話なら否定できないのは悔しいな」

下駄箱から靴を取り、履き替えてから間宮へ視線を移すと、どうしてか俺をじーっと難しい顔で見ていた。

「どうした?」

「……そういうとこだよね、ほんと」

「なんか言ったか」

「なんでもなーい」

間宮はぷい、と大きな瞳を逸らしつつ靴を履き替え、玄関の扉を開けると長い髪が吹き抜け

た風にさらわれるように靡いて、

「さ、帰ろ?」

何の気なしに差し出された間宮の手。

それを握るには、まだ気持ちの整理が追いついていなかった。

だから、その手は取らずに間宮の横を通り過ぎて、立ち止まったままの間宮に「帰るんだろ?」と振り返って声をかければ、むっと眉を寄せながらも隣に並んでくるのだった。

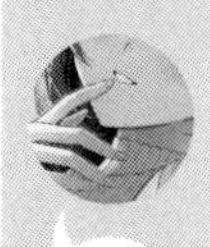

第1話　寄ってかない？

「……言うほど寒くはない、かな」

朝、登校のために玄関を出れば、冬も間近に控えた外の空気が頬を冷たく撫ぜた。コートを着ているため、そこまでの寒さは感じない。アカ姉は「外寒いよ？」と言っていたけど、単に寒がりなだけだと思う。

そんなことを思いつつマンションを出て行こうとすると、エントランスの中で、

「藍坂くん、やっと来た」

聞き慣れた声が呼び止めた。声の方へと顔を向ければ案の定、黒いコートをブレザーの上に羽織った間宮がいる。コートの裾から伸びているスカートをひらひらと揺らし、淡い微笑みを湛えながら俺の方にゆっくりと歩み寄ってきて、

「おはようございます、藍坂くん」

「……おはよう、間宮」

なんとなく嫌な予感を覚えて警戒しつつ挨拶を返すと間宮は満足そうに頷いて、

「よかったら、一緒に学校まで行きませんか？」

そう、当然のように言ってくる。

……俺と間宮が一緒に学校まで行く？

「めんどくさいことになるのが目に見えてる」

「まあまあそう言わずにさ。お話ししながらの方が楽しいよ？」

「俺は胃痛に耐えるのが苦しいよ」

言外に「嫌だ」と伝えているのに、間宮は一向に引く気配を見せなかった。こうしている間にも登校時間は迫っていて、あまり悠長にはしていられない。俺は間宮を無視してエントランスを出て行こうとしたが、隣に張り付くように間宮が笑みを絶やさずについてくる。

「……なあ」

「なに？　私は学校に行こうとする途中で、たまたま、偶然にも藍坂くんと隣を歩いているだけだよ？」

「…………そうか。じゃあ、先行ってくれ」

あくまで偶然を装ってまで俺と登校しようと言うなら、先に間宮を行かせればいい。だが、やはりと言うべきか、振り返った間宮は不満そうに口先を尖らせて、ジト目で睨んでくる。

俺の態度が変わらないと悟ったのか、深いため息をつく。

間宮の白い肌色の、頰の当たりに朱がさして、

「私、これでも結構勇気を出して誘ったんだよ？　……好きな人と一緒にいられたら嬉しい

し」

躊躇うように小声で言って、すぐに目を逸らしてしまった。一瞬何を言われたのか理解が追いつかなかったが――要するに「好きだから一緒にいたい」ということだろうか。なんとも直球な理由だった。

「……、…………。」

「……好きにしてくれ」

どう答えても負けた気がして、今日のところは間宮の自由にさせようと降参宣言をして歩き出す。少しして、羞恥から復活した間宮が隣に追いついて、気まずい雰囲気のまま二人で学校まで歩くこととなった。

会話のないまま学校への道を進んでいると、遂に間宮が口火を切った。

「そういえば、そろそろ二学期も終わりますね」

「もうそんな時期か……早いな」

「それだけ充実した学校生活だったということでしょう」

言って、含みのある視線を投げてくる。

充実したかどうかはともかく、間宮と出会ってからの一か月ほどは濃厚な日々だったと言わざるを得ない。放課後の教室で間宮と出会って、裏アカの秘密を知り、脅されて、歪な関係が始まったあの日。俺の平和だった学校生活は確実に変な方向へズレてしまった。

とはいえ後悔ばかりかと聞かれるとそうでもなく、楽しいと思うこともあったのは立場的に口にはしたくない。

それにしても、二学期が終わる……？

頭の中にカレンダーを浮かべながら、残りの日数を大体で数えて、

「あと二週間くらいで期末テストじゃないか？」

「そうですね」

嫌なものを思い出してしまった。

冬休みが近づいてくると同時に、学生である俺たちには一つの試練が控えている。

――期末テスト。

大半の生徒から忌み嫌われるであろうテストに向けて、日々の勉強に加えて対策をする時期になっていた。

「間宮は心配する必要ないんじゃないか？」

「いつも通りにしていればそれなりの点数は取れると思いますよ」

平然と言う間宮。その自信は才能によるものではなく日々の積み重ねによるものだろうと、いつも隣で授業を受けていて、なおかつ間宮の過去を知る俺は考える。

あの集中力と本来の真面目(まじめ)さがあれば、テストで点数を取るのは難しくないはず。優等生で

あるために必要なことを間宮が蔑ろにするとは思えなかった。

「藍坂くんはどうなんですか？」

「俺も普段さぼってるわけじゃないし、テスト前もちゃんと勉強するつもりでいるから、そこそこの点数は取りたいと思ってるけど」

　前回、二学期中間テストの学年順位は２３８人中の47位。全体で見れば上位25％だが、点数的にはちょうど団子になっていた気がする。今回はもう少し上を目指したいところだ。

　学校のテストの結果が大学受験の合否と直結するわけではないにしろ、多く点数を取るに越したことはない。

「それは良かったです。勉強しない、なんて言われたらどうしようかと」

「それこそまさか。仮にもうちの学校……上埜は進学校だし、そうでなくてもどうせ大学受験で勉強するんだから今のうちにしておいて少しでも楽にしたい」

「いい心がけですね。今さぼっても苦労するのは未来の自分ですから」

「違いない」

　こればかりは間宮に同意しかなかった。

「もしもわからないことがあったら聞いてくださいね。出来る範囲で力になりますから」

「いいのか？」

「人に教えるのは自分の考えの整理にもなりますので」

間宮から勉強を教えてもらえるというのは魅力的な提案だ。度々、間宮は授業内容をクラスメイトに聞かれることがある。快く引き受けて間宮が丁寧（ていねい）に教えていたクラスメイトは、最後には理解して帰っていく。

教え方が上手（うま）いのだろう。そんな間宮の力を借りられるのは素直に嬉しい。問題があるとすれば、教えるのを対価に何を要求されるのかわかったものじゃないという部分だけ。

疑うのは良くないと思うけど、無償の善意ほど疑わしいものもない。

「……もしものときは頼りにさせてもらうよ」

「――藍坂くんならいつでも頼ってくれていいのに」

間髪入れずに返ってきた言葉。

甘えるような声音（こわね）に意図せず心臓が跳ねあがった。

「今、ドキッとした？」

そう微笑みながら聞いてくるものだから動揺を隠すのも忘れてしまって、遅いとわかっていても咳払（せきばら）いを挟んで表情を繕い、

「……悪いか」

「ううん、嬉しい」

「秋人（あきと）昼飯食おうぜ」

「いいけど……なんで多々良まで？」

四限の授業が終わって俺の席に来たのはナツと多々良。

ナツはともかく、多々良がこうして昼休みに訪ねてくるのは珍しい。この間、放課後に俺と間宮が一緒にいるところを見られてしまった手前、どう接するのが正解なのか摑めない。

多々良は俺たちが付き合っているんじゃないかと疑っている。現状で言えば疑われているだけではあるけど、秘密は守り通す必要がある。

――秋くんと優ちゃんは、付き合ってるの？

放課後の教室。間宮と二人きりで過ごす時間を目撃した多々良から投げられた問いに、俺たちは揃って否定した。そうするしかなかったとも言えるが、事実として付き合ってはいない。

しかし、多々良は俺たちが写真を一緒になって撮っていたところまで見ていたらしく、疑念が完全に消えることはなかったのだろう。ただ、本人たちが違うと言っているのだから、それを信用しようと考えているように思えた。

ひとまずは納得したらしい多々良と別れてから、二人して重いため息を吐いたのを覚えている。正直なところ、めちゃくちゃびっくりした。疑いをかけられたことも、二人で写真を撮っている姿を見られたことも。

油断をしていたつもりはなかったけど、やっぱり学校でああいうことを続けるのは危険だと再認識した。かといって他の場所の候補もないし……間宮にやめる気がないのだから、今以上に気を付けるしかないか。

そういうことがあった手前、多々良と顔を合わせると、どうしてもぎこちなさのようなものが表に出てしまう。怪訝な反応をしてしまうと、多々良は苦笑を浮かべつつ申し訳なさそうに顔の前で手を合わせて、

「あー……えっとね、実は少々頼みがあって。というわけで、間宮ちゃんも一緒に食べない?」

どうしてか、多々良は隣の席に残っている間宮へ話を振った。まさか自分が目的だったとは想定もしていなかったであろう間宮は、表情を崩すことなく「いいですよ」と快諾する。

多々良がほっと胸を撫でおろして、二人は近くの誰も座っていない椅子を借りて間宮とくっつけた机の対面に座った。

そのまま弁当を広げたところで、

「……んで、頼みってなんだよ」

「ああ。それなんだけどよ……」

やけに神妙な面持ちになったナツと多々良が一旦箸を止め、いつになく真剣な眼差しを向けてくる。二人は視線を交わし、うんと小さく頷き合って、

「——俺とひぃちゃんの期末テスト対策を手伝って欲しい!」

「光莉からもお願いしますっ!」

揃って頭を下げたのだった。

俺と間宮は互いに顔を合わせる。どうするの？　間宮こそどうするんだよ――なんて会話を視線だけで済ませると、ポケットに入れていたスマホが震えた。

急いで確認すると、間宮から『いいんじゃない？』という簡潔なメッセージ。……まあ、期末テストの勉強をしようって話なら俺もやぶさかではない。だけど、この二人の言い方的に、俺と間宮に教えて欲しいってことだよな。

「ここの四人で勉強会とかさせてもらえたらなあ、なんて」

多々良が「どうかな？」と前のめりになって提案してくる。ただ、目がマジだ。必死と言い換えてもいい。思わず間宮も軽く目を見開いていた。

「勉強会、ですか」

「そうそう。かの成績優秀な間宮と、そこまでではないにしろ優秀な秋人さんに是非とも教えていただきたいなあ、と思ったんだけど……どうだ？」

「おいこら誰がそこまで優秀ではない、だ。間宮と比べられたらそうなるのは認めるが、お前ら二人よりは良いぞ」

「だから秋人さんって言ったんだろ？」

気を遣うべきは断じてそこじゃない、とだけ言っておこう。

因みにナツと多々良の成績は平均くらい。けれど、多々良は教科によって差が酷い、というのを前に聞いた気がする。ナツは……真面目にやればその限りじゃないとは思う。これで要領のいい男だ。やるべき部分を提示すればそれに見合った成果を出してくれるはず。

「俺はいいけど、間宮は？　来たくなかったら断ってくれて全然いいぞ」

「いいえ、私も参加させていただきます。折角の機会ですし、こうして直接私を訪ねていただいたのですから」

「えっ、いいのっ⁉」

「誰かに教えるのは自分の考えの整理にもなりますから。ですよね、藍坂くん？」

「まあ、そうだな。よかったな、間宮が引き受けてくれて。俺一人じゃあ二人見るのは無理だと思ってたし」

「どういう意味だよそれ」

ナツの不満げな視線を黙殺して、ちらりと間宮の様子を窺（うかが）った。正直、間宮が二人を教えるのを手伝ってくれるのは助かるが……必然的に間宮と一緒にいる必要があるというわけで。

俺にとっては気の抜けない勉強会になることが確定している。

「それなら、場所はどうしましょうか」

「秋人の家でいいだろ」

「なんで俺の家なんだよ」

「俺の家は兄貴がうるさくてさ。ひぃちゃんの方は……無理だろ？」

ナツが慎重に俺に訊（き）いてくる。女性不信の件を気にしているのだろう。そういう意味では、確かに進んで入りたい場所ではない。

前に間宮の家に上がったのは仕方なく、だ。

本当に、仕方なく。

「間宮の家は俺が入りにくいし、そうなると残るのは秋人の家だろうなあ、と」

「他だと喫茶店とかカラオケルームとかになりそうだけど、そういうところだと誰かさんが遊び始めないとも限らないし？」

「主にお前ら二人だろ、それ」

二人がさーっと目を逸らしていく。この二人がカラオケボックスという誘惑が溢れている場所で勉強に集中できるはずがない。どうせ途中で「歌って休憩しようかなあ」とか言い出して、当初の目的を忘れる光景が目に浮かぶ。

「問題ないのなら藍坂くんの家でも大丈夫ですか？」

「……姉がいるかもしれないけど、それでもいいなら」

「全然いいって！」

「ありがとね秋くん！」

二人の表情が明るくなって、勉強会の場所が決まる。問題があるとすれば……俺の家に間宮が来る、ということだけ。何事も起こらないように祈るしかない。

「いつやる？　週末？」

「それでいいだろ」

「光莉もいいよー」

「私も予定はなかったはずです」

「決まりだな。じゃあ、週末、秋人の家に集合ってことで。俺はひぃちゃんと行くから。間宮は……秋人の家の近くなんだっけか」

「はい。そういうわけなので、私はそのまま向かいますね」

……あれ？　俺は間宮の家の場所を知っているけど、間宮は同じマンション内というところまでしか知らないはず。後で部屋番を教えておこう。

それはいいとして……この四人で勉強会をするなら、ボロを出さないように間宮と口裏合わせをしておかないとな。


「でもさ、やっぱりテストって面倒だよね」

放課後の教室。間宮が窓際でポーズを取りつつ、思い出したかのようにそう言った。

根が真面目なのは知っているけれど、それでもテストは面倒に感じるらしい。正直、ちょっと安心している。これでもし「勉強って楽しいから苦労しないよね」なんて言い出したら、本気で宇宙人を見るような目を向けるところだった。

間宮自身がスカートを捲り上げ、タイツに包まれた太もものきわどい部分まで露わになっ

ている姿を借りたスマホで写真に収めながら、

「間宮もそこは同じなんだな」

「まあね。テスト好きな人とか怖くない？　私がテストを嫌いな理由は成績の良し悪しで一喜一憂して、点数を聞いてくる人が多いからなんだけどさ」

はあ、とため息をつきながら、間宮が捲り上げていたスカートを手放す。重力に引かれて膝上数センチまでの長さに戻ったスカートの裾を直してから、隣に並んで撮った写真の確認をしようと覗き込んでくる。

近すぎる距離感は信頼の現れなのだろうか。二の腕に間宮の胸が当たっているのに、間宮にはそれを気にする様子は一切ない。意図しているのか無意識なのか……どちらにせよ、控えて欲しい行いであることに違いはない。

「……間宮。少し離れてもらっていいか」

「どうして？　当たってるからってことなら気にしてないけど」

「俺が気にするんだよ」

目を弓なりにして微笑む間宮に真顔を返す。いや、多分、自覚がないだけで恥ずかしさを誤魔化すような顔になっていると思う。女性不信が完全に治っていなくとも俺だって男なので、こういうことをされると否応なしにドキドキしてしまうのだ。

そこのところ、わかっているのか？

……この口ぶりだとわかってやってそうだな。

「でもさでもさ。それなら藍坂くんが私から離れたらいいだけじゃない？」

「後が怖い」

「まあ、それならそれで私はくっついていられるからいいんだけど」

ふふっ、と間宮は鼻で笑って、さらに胸を押し付けてくる。

制服の生地を隔てていても腕を包み込む柔らかな感触。必然、近づいた身体(からだ)の距離。細い黒の長髪が頬を撫でた。肌触りのよさは手入れを怠っていない証拠だろう。

同時に耳へかけられた吐息。背を甘い痺(しび)れが駆けあがり、間宮の近さを意識する。

「前から思ってたけどさ、藍坂くん、耳弱いよね」

「……大体誰でもいきなり息吹きかけられたらこうなるだろ」

「私的にはそういうとこ、初心(うぶ)でとてもいいと思うけどね」

言って、間宮は淡く微笑む。

普段、学校では見せることのない素を表に出したもの。それを見せる相手が俺だけなのだと理解すると顔が熱を持ってしまう。

あの日の放課後。

間宮が伝えてくれた「好き」という言葉が、ふとした瞬間に頭をよぎる。

俺にはまだ、その感情をちゃんと自分のものとして消化できそうにはないけれど、いつか向き合わなければならない。

　間宮の信頼に応えるためにも、裏切らないためにも。

「……それよりも、勉強会に来てよかったのか？」

「うん。私がこれまでそういうのに参加しなかったのは、誘ってきた人が勉強そっちのけに見えてたからだし。でも、今回は藍坂くんの友達二人だから、多分大丈夫かなって」

「ああ……それは保証するよ。ナツには多々良がいるし、間宮を誘ったのは買い物のときに会って気に入られたからだろうし」

　正確には興味を持たれた、かもしれない。

　優等生の姿しか知らない二人なら、俺と間宮が一緒にいたことに少なからず疑問を抱くと思う。なにせ学校では隣の席というくらいしか接点がなかったし、家が近かった……もとい、同じマンションだったのすら最近知った。

　俺と間宮を結び付ける要素は限りなく少ない。

　でも、ナツと多々良には二人で一緒に出掛けている場面を見られてしまった。そうなれば……嫌でもどういう関係なのか気にしてしまうのが人間の性というもの。

「間宮、頼むから変なことはしないでくれよ」

「変なことってどういうこと？」

「……そりゃあ、放課後に教室でしてるようなこととか」

「写真撮ってるだけだよね」

「脱いでたのを忘れたとは言わせないぞ」

裏アカに上げる用の写真を撮るのが普通とか断じて認めないからな。

「……二人がいるってことは優等生状態ってことだろ？」

「そのことね。別に、もう慣れてるし」

「二人の勉強のことも」

「私の復習にもなるからそれもいいの。問題は、私が藍坂くんの家に行くってところ」

真面目な表情で間宮が言う。

いや、俺の家に来るのに緊張する要素はないだろ。

「なんで？」

怪訝な表情で聞いてみれば、どうしてか間宮はぎこちない動きで顔を逸らし、

「だって、藍坂くんの家だよ？　……好きな人の、家、なんだよ？」

「…………おう」

結局、出てきた言葉はそれだけで。

微妙な空気のまま何十秒と経ってから、

「とりあえず帰らないか？」

「そう、だね。もう外も暗くなってきてるし、遅くなると寒いし。うん、そうしよ」

焦ったような間宮の様子に少しだけおかしさを感じるも、笑みを見せないように二人で下校の準備を始め、帰路についた。

マンションのエントランスに辿り着いて、エレベーターを待っていると――

「……あれ、アキも今帰り？」

背後から聞こえた声に振り向けば、仕事から帰ってきたと思われるアカ姉がいた。

これは……やっちゃったな。まだ隣には間宮がいる。

アカ姉は俺が女性不信で滅多なことでもなければ異性と関わらないと知っている。そんな俺が間宮という外見だけ見れば美少女とよんで差し支えない異性と一緒にいれば、余計な勘繰りは避けられない。

内心の動揺を押し込みつつ、

「そういうアカ姉こそ今帰り？」

「まあね。それで――隣の子は？」

どこか警戒するように目を細めながらアカ姉が間宮を見ると、視線を感じ取った間宮が丁寧に腰を折って礼をする。

「藍坂くんのクラスメイトの間宮優です」

「ふぅん……」

アカ姉が獲物でも見定めるかのように間宮を注視する。

張り詰めたような緊張感が漂って、まずいかもと感じた俺が介入しようとした寸前、

「合格かな。うん。優ちゃん、ね。自己紹介が遅れたわ。私はアキの姉の紅葉(あかは)よ。遂に悪い虫がついたのかと思ったけど……そういうわけではなさそうね」

にんまりと一転して笑顔を浮かべるアカ姉。

丁度(ちょうど)、エレベーターが到着して、扉が開く。

そこへ俺と間宮を追い抜いてアカ姉が先に入り、

「優ちゃん。よかったらうちに寄ってかない？」

そう、手招きしながら提案するのだった。

第2話　優…………さん

「ふう……ただいま我が家。今日も疲れたわね……ああ、優ちゃんも楽にして頂戴ね」

「ではお言葉に甘えて。お邪魔します」

背を逸らして伸びをするアカ姉に促されて、間宮が藍坂家の玄関へ足を踏みいれた。その後ろで眉間にしわを寄せつつ、どうしたものかと思考を巡らせる。

マンションのエントランスでアカ姉と遭遇してしまい、女性不信の俺と一緒にいる間宮という存在に興味を持ったのか「よかったら夕ご飯一緒にどう？」と誘ったのだ。

てっきり間宮は断るだろうと思っていたが、予想に反して受け入れ、こうして俺の家に間宮がいる――なんて理解に苦しむ状況が生まれている。

間宮が家に来るのは遅かれ早かれだけど、そこにアカ姉がいるのは話が違う。

「アキ？　どうしたの？」

「……なんでもない」

考え込んでいた俺にアカ姉が聞いてくるも、それに不愛想な返事をすると何を思ったのかニヤニヤとした笑みを浮かべながら口を耳元に寄せてきて、

「秘密の彼女ちゃんがバレたから気まずいんだ」

「違う」

全く外れた憶測にはしっかりと反論し、靴を脱いでリビングへ。

間宮は彼女じゃない。友達で、秘密を握られ共有している、誰にも言えない不純な関係。

「てか、夕飯作るの俺なんだけど」

「細かいことは気にしないの。あの子に手料理を振る舞う機会が得られたと思えば……ね？」

ね？　じゃないよ。

俺の手料理に間宮が喜ぶのだろうか。多分、間宮の方が料理の腕は上だろうし。食べたことはないけど。

「えっと……よろしければ、私も手伝いましょうか？」

おずおずと会話を聞いていた間宮が控えめに手を上げつつ言った。

「いいのいいの。それより、私とお話ししよ？　学校のアキのこととか聞きたいから。うちの弟、素直じゃないからあんまり話したがらなくて」

「素直じゃないは余計だ」

「ほらね？　そういうことだからさ。折角のお客さんを動かすわけにもいかないし」

俺も頷けば、逡巡しつつも間宮が「では、お言葉に甘えて」と申し訳なさそうな笑みを浮かべつつ答えた。

それにしても、学校であんなことを言っていたにもかかわらず、間宮には緊張の色が窺えないのはなぜだろう。普段のように優等生の仮面で覆い隠しているんだと思うけど……気にならないわけがない。

アカ姉がいる手前、本人からこの場では聞きだせないけど。

家に入った順に手を洗って、俺は部屋着に着替えてキッチンに立つ。

間宮は俺の方に軽くお辞儀をして、先にソファに座って片手にビール缶を携えたアカ姉の誘導に従って隣に座る。面倒な相手を任せてしまうことに罪悪感がないでもないが、間宮なら大丈夫だろうと信じて送り出す。

「……まあ、仮に間宮が手伝うって言いだして隣にいられると落ち着かないし。二人分も三人分もあんまり変わらないし」

第一、そんなことをしていたらアカ姉に揶揄われるのが目に見えている。

冷蔵庫に買い溜めしてある材料を確認し、米を研ぎながら今日の献立を考える。あの中身なら……生姜焼きとか丁度よさそうかな。千切りキャベツと味噌汁もあればバランス的にも問題ないだろうし。

炊飯器のスイッチを入れてから、

「今日は生姜焼きにしようと思ってるけどいいか？」

「――それでそれで、うちの秋人とはどういう関係なのかな？」

キッチンから顔を出して聞いてみれば、アルコールも入って饒舌になりつつあるアカ姉に質問攻めされている間宮の姿が目に入った。こういう相手と接することがないのか、どことなくたじろぎつつも間宮は「友達ですよ」と笑顔のまま返している。

そこに思うことがないでもなかったけど、その気恥ずかしさを胸の内に押し込んで、

「あんまり間宮を困らせないでくれ、アカ姉。間宮も嫌なら答えなくていいからな」

遠巻きから声を掛ければ、気づいた二人がほぼ同時にこっちを見た。

「お気遣いありがとうございます、藍坂くん。ですが、私はお姉さんからお話を聞けてとても楽しいですよ？」

「そゆこと。線引きはちゃんとしてるから心配しなくてもいいわよ。それとも……自分だけの可愛い彼女ちゃんを取られないか心配なの？」

「違う。あと彼女じゃない。二度も言わせないでくれ。友達だ」

「一緒に帰ってくるほど仲のいい？」

「……友達だ」

語気を強めて言えば「そういうことにしておくわね」とまるで納得していなさそうな言葉が聞こえる。反論すれば揚げ足を取られる可能性を危惧して口を噤んだ。

再度二人に生姜焼きでいいかと訊けば、どちらも大丈夫とのことで、キッチンに戻って早速調理に取り掛かる。

醬油をベースにチューブのショウガや砂糖、調理酒、みりんなどで味を調えて、それをパックから出したバラ肉にもみ込んでいく。普通はロースを使うのだろうけど、バラ肉でも問題ない。薄くて味が染みやすい分、短時間で作りやすいと思う。

味がしみ込むのを待つ間に味噌汁の用意を進める。鍋でお湯を沸かしつつ、具材となる豆腐、油揚げ、タマネギなんかを食べやすい大きさにカットして投入。

そのあたりで肉の準備もいいだろうと思い、熱して油をしいたフライパンで先に残しておいたタマネギを焼きはじめた。完全にしんなりする前にバラ肉も一緒に焼き始め、食欲をそそる匂いがキッチンに充満していく。

「おっ、焼いてる焼いてる。もうちょいかかりそう?」

「もうちょい。ビールのおかわりでも取りに来たの?」

「ま、そゆことね。優ちゃんのお話を聞いてたらお酒が進んで進んで」

「……ほどほどにしてくれよ。絡み酒をされる間宮が困るから」

「わかってるわよ」

本当にわかってるのか疑わしい。流石に節度をわきまえていると思いたいが、アカ姉は冷蔵庫からビール缶を探し当ててリビングに帰った。余計なことを言わないでくれよと心の中で祈りつつ、生姜焼きに添えるためのキャベツを千切りにしていく。

シャキシャキ感を保つために切ったものを、水を張ったボウルにつけておきながら、フライ

パンで焼く肉を焦がさないように気を付ける。頃合いになったところで火を止め、水を切ったキャベツと共に皿に盛り付けて完成。

「できたぞ」

皿をリビングに運んでいけば、二人が揃ってこっちを見た。そして、アカ姉の話し相手をしてくれていた間宮がソファから立ち上がる。

「私も運ぶのを手伝わせてください」

「助かる」

「まったく、お客さんを動かそうと言うのかね君は」

「じゃあアカ姉が動いてくれ」

「だってあたし仕事で疲れてるしぃ～?」

俺と間宮も学校で疲れてるんだよ。

ふざけたことを言い張るアカ姉も最終的には匂いにつられたのか手伝いに来て、盛り付けを済ませた皿を次々とテーブルに並べた。

それから三人でテーブルを囲み、

「「「いただきます」」」

油断ならない夕食の時間が幕を開けた。

「……で、俺がいない間に何も吹き込まれてないよな」

「吹き込むなんて人聞きの悪い。私は家でのアキのことを話してただけよ？」

「そうですね。代わりに私は学校での藍坂くんのことをお話ししていました」

箸を進めつつ、疑わしい気持ちで二人の話を聞く。アカ姉はともかく、間宮が一筋縄でいかない相手と身をもって知っている。内容次第で俺が受ける被害が決定すると言っても過言ではない。俺の名誉と尊厳くらいは守っていると信じたいものの……日頃の行いを考えると安易に信用できない。

酒好きぐうたら人間のアカ姉と、腹黒で裏のある間宮。

こんなことで精神をすり減らしたくはないけれど、気を付けるに越したことはない。

「それにしても……やっぱり美味しいですね」

間宮が口のものを飲み込んでから、外行の笑みを浮かべつつ言う。

そういえば間宮に手料理を振る舞ったのは今日で二度目だったか。一度目は忘れもしない、間宮が熱を出して面倒だから夕食を作ってくれと頼まれた……もとい、連行されたとき以来だ。

人に美味しいと言われるのは素直に嬉しい。けれど、それを面と向かって伝えられるのは、慣れようのない気恥ずかしさのようなものがある。

相手が間宮だから、とかは全く関係ないと思うけれど。

「あれ？　優ちゃんどこかでアキの料理食べたことあるの？」

だが、そこに目敏く反応するのがアカ姉。

ニヤリと口角を上げつつ追及の姿勢に入ったのを見て頬が引き攣る。

間宮に横目を送れば、悪びれもなく小首を傾げて微笑まれた。

絶対わかっててやったよこいつ。

「ええ。以前体調を崩してしまったときに、辛いからと頼んだら快く引き受けてもらいまして」

「へえ……そいえば帰りが遅い日があったもんね。その日かな？　やるじゃん」

「頼まれたんだよ」

こういうのは下手に弁明するより認めてしまった方が早いし楽だ。

俺と間宮が疚しいことをしていたわけでもないし、探られて痛い腹はそこにはない。秘密のことは全力で守り通さないとだけど、それは間宮も漏らそうとはしないはず。

首が絞まるのはどちらも同じだからな。

「ほんとにできた弟よ？　料理洗濯掃除と、家事は一通りできるし」

「ずぼらな姉を見て育ったからな」

「後はこのひねくれた性格だけどうにかなればねえ。昔はもっと素直だったのに。お姉ちゃ～んって、ついて回ってた頃が懐かしいわぁ」

「いつの話だ」

「保育園の頃？」

「それだけ時間があれば性格くらい変わるっての」

保育園児の精神状態でそのまま育った高校生とか普通に嫌だろ。あと、昔の話とかしなくていいんだよ。間宮が不用意に興味を持ったらどうしてくれるんだ。

「そうですね。こう言っては失礼かもしれませんが学校でも色々と丁寧ですし、細かいところにも気づいているように思えます」

「もうちょっと積極的に人と関われるようになれれば、ねえ」

「余計なお世話だ」

「こういうところも可愛い弟なんだけれどね」

アカ姉はケラケラと笑いつつ生姜焼きを肴にビールを飲み進める。間宮がいて二人のときよりも話題が弾むからか飲むスピードが速い。

「お二人とも、とても仲がいいんですね」

「これが仲いい……？」

「なんだかんだ、こういうダメ人間な姉すら嫌えない優しさのある弟なの」

「ダメ人間なのを理解してるなら直す努力をしてくれ」

「無理だからダメ人間なんじゃない？」

……それは一理あるかもしれない。

アカ姉が本当にダメ人間かと聞かれれば、別にそうとも言いきれないけど。これでもちゃんとした大学を出て看護師として働いているし、女性不信云々の関係で色々と相談に乗ってもらったこともある。今こうして間宮を夕食に誘ったのだって、そういう理由がある俺と一緒にいた相手の人格なんかを見極める目的もあったのだと思う。

アカ姉の行動の三割くらいは俺のためにしていること。残りは単に自分の興味だろうけどさ。こうして雑談も楽しそうにできているとなれば、アカ姉の中で間宮は大丈夫と判を押されたのだろう。間宮の事情を知る俺としても評価自体は妥当だと思うけど、脅されたことがある手前、あまり認めたくはない。

「あたしとアキもだけど、優ちゃんとも仲いいよね。アキが友達だって言う時点で珍しいのに、それがこんなに可愛い女の子なんてどういう風の吹き回し？」

「気づいたらこうなってたんだよ」

「藍坂くんはこう言っていますが、いつも親切にしてくれますよ」

「うちの自慢の弟だからね。これからも優ちゃんみたいにいい子が仲良くしてくれたら嬉しいかな」

「こちらからお願いしたいくらいですよ。そうですよね、藍坂くん？」

滑るように話を振らないで欲しい。

間宮が浮かべている笑顔の裏に潜んでいるものを知っている俺としては気が気でないし、アカ姉が致命的な勘違いをしかねない。……それに関しては既に遅そうだけど。完全に否定できない関係性ではあるし、間宮のことを友達だと紹介した手前、ここは素直に頷いておく。

裏アカの件がなければ間宮は付き合いやすく気を遣う必要もない相手。その一点が全てをマイナスまで引き戻しているけど、精神衛生上考えないことにする。

「でも、青春よねえ。クラスメイトの可愛い女の子と一緒に帰ってくるなんて」

「なるほど。これが青春ですか」

「実質的に制服デートみたいなものじゃない？」

「学校から帰ってきたら自然とそうなるだろ。あと、俺と間宮は友達。デートは恋人がするものだ」

口を酸っぱくして友達なのだと強調すれば、アカ姉は呆れたように「はいはい」とぞんざいな返事をするのみ。間宮は間宮で「デートは恋人がするものですよね」と含み笑いのようなものを浮かべつつ答えるしで、非常に胃が痛くなる。

なにせ、間宮が俺のことを恋愛感情として好きなのは知っている。それに対して俺は友達だと強固な姿勢で示し続けているのだから、間宮が内心で怒りを覚えていても仕方ない。

どうしようもない、の方が正しいだろうか。

俺は間宮のことを好きではなく一人の友達として認識している。加えて女性不信も治っていなくて、他の誰にも明かせぬ秘密を共有している相手。恋愛感情を抱く余地がないのだ。

「じゃあ二人が恋人になれば解決ね。色々」

「無理言うな。間宮からも言ってやってくれ」

「……藍坂くんがどうしても、と言うのなら考えないこともないですけど？」

「アキ、よかったわね。きっちり否定されないってことは脈ありよ」

突発的に取られた二人の連携に返す言葉もなく、渋い顔をしたまま俺は生姜焼きへ逃げることにした。


話題を二転三転させつつ夕食を食べ終え、アカ姉が引き続き間宮にダル絡みをしている間に使った食器を洗ってしまう。帰り際にアカ姉と遭遇して、間宮と夕食を共にするとは全くの予想外だったけれど、食べているときの様子を見るに楽しんでいたようなので一安心だ。

間宮とアカ姉の相性はどうかと思ったが、意外と悪くないらしい。お陰(かげ)で二人の連携が無駄に良く、返答に四苦八苦する羽目になった。

なんて夕食時のことを思い返しつつ洗い物を終えてリビングに戻ると、まだ二人は楽しげに話し込んでいた。

「優ちゃんってアキのこと名前で呼ばないの？」

「藍坂くんで慣れてしまって……」

「この際だからさ、もう名前でいいんじゃない？　私との区別もつくし。その方がアキも嬉しいでしょ？」

「いや別に」

「こう言ってるけど、どうする？」

アカ姉が間宮へバトンを渡すと、俺の顔を見ながら可愛らしさを強調するように「うーん……」と考えて、

「……では、お二人が一緒にいるときは名前で呼ばせていただきますね」

「うんうん、そうしよっか。てことで、アキも優ちゃんのこと名前で呼ばないとね」

「そうですね。私だけ苗字で呼ばれるのは、なんだか仲間外れみたいで嫌です」

アカ姉に続いて間宮も自分を名前で呼ぶように求めてくる。

……勘弁してくれ。

間宮は一人しかいないから区別もつくし、今更呼び方を変えるのは気恥ずかしい。それに、どうせ間宮は俺が困るのを期待して言っているだろうから、思い通りになるのも面白くない。

ただまあ、苗字呼びに固執していたらアカ姉が「もしかして意識してるのー？」とか変な勘繰りをしてきかねないので、平然としたまま受け入れる必要がある。

大丈夫、やることは名前で呼ぶだけ。

友達同士なら不思議ではないこと。

緊張している俺の方がおかしいまである。

「……わかった。今だけだからな。優…………………さん」

「…………どうして『さん』をつけたのですか？」

「いや、なんていうか、名前呼びをすると急に距離感が縮まった気がして耐えられなかった」

真面目に理由を言えば間宮とアカ姉は一瞬目を合わせ、

「アキらしい理由じゃない。そういうところが可愛いのよね」

「距離感が縮まるのは良いことではないですか？」

「俺に高度なコミュ力を求めないでくれ」

「……仕方ありませんね。当面は我慢することにします」

間宮の表情にはありありと不満さが滲んでいたが、この場は矛を収めてくれるらしい。決して感謝はしないぞと固い意思を持ちながら、頭の中で何度か優さんと呼んでみた。間宮呼びで慣れていたからか、妙なむず痒さと違和感があって、どうにもしっくりとこない。

「私としては学校でも名前で呼んでくれていいんですけれどね」

「それは勘弁してくれ。余計なことに巻き込まれるのが目に見えてる」

「優ちゃんモテそうだからねえ。アキがその気なら早くしないと」

「うるさい。そういうアカ姉こそ――」

「お酒が恋人だからいいのよ」

どうやってもダメ人間にしか聞こえないセリフを吐きつつ、レモンスカッシュの入ったグラスを傾けた。今日は間宮がいるからか普段よりもお酒の量が多い気がする。飲むのはとめようがないけど、健康には気をつけて欲しい。

　そんなこんなでふと時計を見れば、もう八時前になりつつあった。ゆっくり夕食を食べたらこんなものかと思いながらも、そろそろ間宮は帰すべきだろう。

「間宮、もう遅いから帰らないか？　送っていくから」

「名前で呼んでくれるのではなかったですか？」

　帰宅を提案すれば、返ってくるのは有無を言わせない微笑み。

　これは名前で呼ぶと決めておきながら苗字を呼んだ俺が悪いので甘んじて受け入れつつ、咳払い（せきばらい）で気まずさを誤魔化（ごまか）して、

「……優さん。これでいいのか」

「はい。確かにもう遅い時間ですから、そろそろお暇させていただきましょうか。秋人くんが送ってくれるんですよね」

「あくまで安全のために、な」

「優ちゃんも心配しなくていいわよ。アキはこれでも純情だから送り狼（おおかみ）なんてことにはならないだろうから」

「あのなあ……仮にも本人の前で話すことかよ」

「する気だったの？」

「まさか」

頬を引き攣らせつつ首を振って否定する。女性不信がなかったとしても送り狼なんて大層な真似ができるとは思えないし、したいとも思わない。俺はただ単にこの遅い時間に同じマンション内の家に帰るだけとはいえ、一人で女の子を帰すのは危険があると考えただけ。

「秋人くんはそんなことしませんよね？」

「手を出す度胸もないからな」

「私、手を出す気になれないほど魅力ないですか」

「それとこれとは話が別じゃないか？　魅力がないとは一言も――」

「あーもう二人していちゃついちゃって。もう付き合っちゃいなさいよ」

「いちゃついてないから黙ってくれ」

呆れつつも間宮が荷物を纏めてコートを羽織ったのを見て、

「準備ができたならいくか」

「お願いします」

玄関に移動して靴を履き、さて出ようかという前に、間宮は律儀にアカ姉の方を向いて頭を下げる。

「紅葉さん、今日はありがとうございました」

「いいのいいの。よかったら今度ゆっくりお茶でもしたいわね」

「ええ、是非(ぜひ)」

　また会う約束すら取り付けている二人に戦慄(せんりつ)しつつ扉を開ければ、冬の夜らしい冷たさに満ちた空気が出迎えた。アカ姉に見送られながら間宮と外に出て、扉が閉まる。

　そこでようやく緊張が解れたのか、自然とため息が漏れ出てしまう。

「どしたの？　そんな不幸の極致みたいなため息して」

「誰かさんのせいで疲れたんだよ」

「私って言いたいの？」

「半分は」

「いい子にしてたと思うけど？」

「表面上だけな」

　実際、優等生を演じる間宮が世間一般的にいい子であることは理解している。それだけを知っていれば素直に頷いた。だが、裏面……間宮の素がどういうものかも知っている。

　まあ、素が悪いかと言えば、一概にそうとも言えないけど。

「それより、送ってくれるんでしょ？」

「まあな。嫌なら帰るけど」

「ううん、お願い。話し相手も欲しいし――」

　ぴとり、と手の甲に細い指先が当たって。

「この時間、寒いから。……いい？」

普段の間宮からは考えられないほど慎ましい頼みごと。頬を仄(ほの)かに赤くしながら、囁(ささや)くように聞いてくる。それがどうにも可愛らしく思えてしまって、けれど間宮の手を本当に取って大丈夫なのかと自分自身に問いかけ——やがて、差し出してきた手を包むように握った。

間宮が驚いたように顔を見せる。

「……寒いからな」

これ以上は聞くな、と言外に求める。

女性不信なんて面倒極まりないものを抱える俺が求められたとはいえ、手を握り返すのはある種の勇気がいること。そうさせた要因が間宮との間にある信頼を担保する写真のせいであり、おかげなのだと理解しているからこそ、素直に認めたくない。

「……実は私、今結構暑いかも」

寒いから手を繋(つな)いだはずなのに、間宮は一転して暑いなんて言い出す。確かに繋いでいる手の温度は俺よりも高く、じんわりとした熱を持っている。

「ならを手を離すか」

「ダメ。帰るまでこのまま」

でも、離す気はないらしく、それならいいかと繋いだまま歩き出す。

何かしらの話題を振られるものだと思っていたが、意外にも間宮は無言のまま廊下の外に広がる夜の景色を眺めながら歩くだけ。チラチラとこちらへ視線を流すが、それは様子を窺っているような慎ましいもの。エレベーターに乗って下の階へ。そして、また廊下を歩く。

「…………………あのさ」

「ん？」

「なんていうか……私、楽しかったよ。秋人くんと、紅葉さんと一緒にご飯を食べて、お話しできて。家には私しかいないから」

表情を緩ませながらの言葉に、間宮は一人暮らしだったと思い出す。

家に帰っても出迎える人はいなくて、食事も常に一人。俺は大抵家族の誰かがいたから寂しさを感じることはなかったけれど、それは決して普通ではないのだと思い知る。

「……アカ姉のことだから、間宮が家に来たら喜ぶと思う」

「それはまた家に行ってもいいってこと？」

「……やぶさかではない、とだけ言っておく」

「そっか。うん。どうしても寂しくなったらお邪魔しようかな」

言って、間宮は薄く笑みを浮かべたが、すぐに「それはそうと」と持ち直し、

「どうしてまた間宮なんて呼んでるの？　名前でいいのに。今は……二人きり、なんだからさ」

「……学校では絶対に呼ばないからな」

「わかってるよ。少し残念だけどね。また秘密が増えちゃった」

「弱みの間違いじゃなく？」

「こんなに可愛い女の子から名前で呼ばれるのに喜ばないなんて損じゃない？」

それは……なんとも認めにくい理由だ。

そして、とうとう間宮とプレートが掲げられた一室の前に辿り着く。

ここまでだなと思って手を離せば、間宮は何か言いたげにこっちを見てくるも、そのまま何事もなかったかのように鍵で扉を開けて、

「じゃあね、秋人くん。また明日」

「……またな、優」

気恥ずかしさを誤魔化しながらも名前だけを呼べば、間宮は驚きつつも微笑みを残して、

「うん。またね」

嬉しそうに声の調子を上げながら、扉を閉めた。

……やっぱり、俺にはまだ名前だけで呼ぶのは難しそうだ。

「…………ほんと、そういうとこだぞ」

油断も隙も無いとはこのことか。そうやって純粋な好意を見せられては、こちらとしても思うところがないでもない。

顔を触ってみれば驚くくらいに熱い。心臓の鼓動も早く、自分が緊張状態にあることがわか

る。ため込んでいた熱量を深い呼吸に乗せて吐き出し、

「……散歩でもしてから戻るか」

この顔をアカ姉に見られたくないと考えてのことだ。それはそれで帰りが遅くなってしまうから誤解を招きそうな気がするけど……感情の整理をしなければ、明日間宮に合わせる顔がなさそうなのも確かだった。

第3話　やっぱり欲求不満なんじゃ

「――僕と付き合ってくれないかな、間宮(まみや)ちゃん」

私は昼休みの体育館裏で、爽(さわ)やかな笑顔を浮かべる二年の先輩に告白をされていた。

篠原真也(しのはらしんや)という名前に聞き覚えはなく、これまでにそれらしいアプローチを受けたこともない。私の認識としては初対面の相手で、好き嫌い云々(うんぬん)以前の話。

「えっと……篠原先輩。すみません。今、私は誰(だれ)とも付き合う気がありません」

「それは僕のことが嫌いだから、ってことかな」

「違います。そもそも、嫌いになるほど私は篠原先輩のことを知りません。その逆も然(しか)りで、私が篠原先輩に好きだと言われる理由も思い当たりません」

きっぱりと断る意思を伝えれば、彼は「参ったなあ」と少しだけ残念そうに笑顔を崩しながら言葉を漏(も)らした。

こうして少しだけ話した印象で言えば、女の子の扱いに慣れていそうな……悪く言えば遊んでいるような雰囲気があった。けれど、言葉遣い自体は丁寧(ていねい)で柔らかいし、手荒な真似(まね)をしようと考えているふうにも思えない。きっと彼のことを好きな人は山ほどいるだろう。

つまり、私が一番関わりたくない種類の相手。

出る杭は打たれる。目立つ意思がなかったとしても、結果だけが周囲には見えてしまう。面倒事を生み出すと知っている身としては、彼と付き合うなんて選択肢を選べるはずがない。

まあ、そうじゃなくても、今の私はたった一人の異性以外に恋愛対象としての目を向けられなくなってるんだけどね。

「……一つだけ、聞いてもいいかな」

「私に答えられることであれば」

「間宮ちゃんは付き合う気がないって言ってたけど、他に好きな人がいるからってこと？」

「以前までは誰とも付き合う気はありませんでしたけど……今は、好きな人がいますから。他の人に脇目を振っている暇もありません」

「そっか……本当に残念だね。間宮ちゃんに好きだって思われる人には嫉妬しちゃうな。男の嫉妬ほど醜いものはないってわかってるけどさ」

自嘲気味に笑う彼の雰囲気は本当に残念そうだった。

「……私からも一つ、聞いていいですか？」

「うん。何が聞きたいの？」

「ええと……篠原先輩はどうして私のことを好きになったんですか？　接点は私が覚えている限りなかったはずです」

「あー……そのことね。凄(すご)く簡単な話だよ」

彼は照れ隠しのためか頬(ほお)を指先で掻(か)き、一呼吸のためをおいてから、

「――一目ぼれだったんだ。校門前で微笑(ほほえ)む間宮ちゃんを一目見てから、ずっと」

「それは……いつからですか」

「四月の、桜の花が散ってきた頃(ころ)のことかな。まあ、これだけの期間がありながら思いを伝えられなかった時点で、僕が間宮ちゃんの傍(そば)にいる資格なんてないのかもしれないけどね」

私を好きになった理由を聞いて、少なからずの驚きと疑いを持ってしまう。

彼の言葉を信じるならば、四月の入学当初に私の姿を見て一目ぼれし、それからずっと好きなまま十二月まで過ごし、遂に今日、私に告白をした。そのまま見れば、なんてピュアな恋愛だろうと思うところではあるけれど、果たしてそれを真実だと裏付ける証拠はどこにある？

私が知れるのは表に出た言葉と行動だけ。隠れた裏側は何一つわからない。

彼が真に善良であるか、はたまた悪意を持っているのかなんて、現時点では摑(つか)み切れない。

それでも伝えてくれた想(おも)いに関してだけは、私も正直に応(こた)えなければならない。

「……重ねて言いますが、私は篠原先輩の想いには応えられません。私には好きな人がいるので」

「わかったよ。わかったけど……思ったより辛(つら)いね、振られるのって。あんまり自分が誰を好きとか言ったことなかったから。みんなからは意外だってよく言われるけど、僕、これでも

彼女いたことなくてさ」

「女性目線で言うのであれば、篠原先輩は結構な奥手ですからね。私の場合はいつ告白されても返事自体は変わっていませんでしたが、今後、他の方を好きになった時はもっと早く想いを伝えてみるのがいいのかもしれません」

「手痛い指摘だね……本当に。振られた上に次の恋愛のアドバイスを貰うとなると、本当に僕には脈がないんだろうなって嫌でも納得するよ」

はあ、と仕方なさそうなため息をつく彼に、私も言い過ぎたかと思って「すみません」と謝れば、肩を竦めて「気にしなくていいよ」と返ってくる。

私はこれまで何人、何十人からの告白を断ってきたけど、その中でも彼の反応はとびきり穏やかなものだ。

人は自分の思い通りにならなかった時にこそ本性を出す。

告白を断った相手の中には強引な手段で私に迫ってくる人もいたし、泣き崩れて困ってしまったこともある。彼らは一様に私のことを好きだと言ってたけど、その何割が本当に私を見て好きだと思ってくれたのだろうか。

優等生として扱われる、男を知らなさそうな私を彼女にして、周囲からの称賛を浴びたかったのだろうか。そういう妄想をするのは構わないけど、誰かのトロフィーとして扱われるのは舐められているようで腹が立つ。

それらと比べれば、目の前で心底残念そうに気落ちしながらも、受け答えや態度が穏やかなままの彼は、とても印象が良く感じた。

だからといって好きになるわけではないけど、本人にとって好きだった人から嫌われるような事態にならないのは幸せなことじゃないかな。

「ごめんね、こんなに時間を取らせてしまって」

「大丈夫ですよ。慣れていますから」

「……やっぱり間宮ちゃんは人気者なんだね。でも、その期待を背負っても、普通にしていられる強さがある。羨ましいと思うよ」

羨望の眼差し。

特別なものを見るような視線に対して、私は静かに首を横に振る。

「……それは違いますよ。私が上手く取り繕っているだけです。期待されることは嬉しく思いますが、時には窮屈に感じてしまいます。私も人間ですから」

「僕もバスケ部のエースなんて呼ばれててさ……参っちゃうよね。嬉しいけど、期待が重すぎて毎日潰れないように踏ん張るのが精いっぱいだよ。でも、間宮ちゃんのお陰で頑張ろうって思えたんだ。きっといつか、見てもらえる日が来るんじゃないかな――って」

「……恋愛対象としての返答は変わりませんが、誰かのために努力出来ることは素敵だと思いますよ。きっと、私よりもいい女性が篠原先輩のことを好きになってくれるはずです」

「……僕の方が元気づけられちゃったな。ごめんね、こんなに長々と時間を取らせちゃって。ありがとう」

私の笑顔に、彼は丁寧な礼をして、そのまま去っていった。

しゃんと伸びた背中が見えなくなったところで、私は胸にため込んでいた空気を吐き出す。

「やっぱり慣れないものですね。恋をする意味を知った今は、特に」

しみじみと呟(つぶや)いて、私も昼休みが終わる前に教室へ戻る。

何度も告白されているとはいえ、誰かからの好意を受け取って、それを断るのを当たり前だと思う日は来ないだろう。好きという言葉は同じかもしれないけど、その中に含まれる感情は十人十色。一つとして全く同じものはない。

それでも――私は誰かを好きになる意味を知れてよかったと、心の底から確信していた。

◆

「勉強会は明日の午後からだよね」

「あんまり長くやっても集中力が持たないだろうからな」

ナツと多々良(たたら)を交えての勉強会を翌日に控えた俺(おれ)と間宮は、予定を確認しつつ帰路についていた。どうして間宮と帰るのが当たり前になっているのか疑問を呈したいところではあるものの、聞き入れてもらえるはずがない。

帰る方向もマンションも一緒なのだから、何かと理由をつけて間宮は付いてくる。善意ないし好意からくる行動だから、強く断ることも難しい。

まあ、話し相手がいるのはいいことではあるけれど。

「……ねえ。秋人くん、午前中は暇？」

間宮は探るように聞いてくる。

「……間宮、呼び方」

「いいじゃん、誰もいないのは確認してるから。秋人くんも優って呼んでいいからね」

「名ばかりの許可はやめようね？」

ぐるりと視線を巡らせつつ小声で間宮に詰めるも動じた様子はない。

アカ姉に招かれてからというもの、間宮は他に俺だけしかいないときは名前で呼ぶようになってしまった。それどころか俺が『間宮』と呼ぶと露骨に不機嫌な演技をするから、俺も名前呼びを余儀なくされていた。

だから意識的に名前を呼ばないようにしているが、そういう考えも多分バレている。

「私の名前を呼ぶのってそんなに嫌？」

「前も言ったけど、名前呼びするのって余程親しい間柄って感じがして気が引ける」

「……私たち、親しい間柄ではあるよね？」

「個人の基準次第では」

親しいのはそうかもしれないけど、裏にあるのは秘密を共有するという目的。根っこの部分は利害関係。けれど、それだけではない。

間宮のことは普通に友達だと思っているし、間宮に至っては俺のことを好きだなんて告白もしてきた。間違っても仲が悪い、なんて言える関係性ではない。

「……そういうの気にする当たり、秋人くんらしいといえばそうなんだけどさ。私は秋人くんに名前で呼ばれる方が嬉しい」

そうやって好意を直接的に伝えられるのは、やっぱり慣れなくて。

「……わかったよ、優さん」

「さん、は余計。恥ずかしいとか意識しなければいいのに」

「出来たら苦労してない」

「……それでも優さんの方がいいかな。名前を呼ぶときにちょっと恥ずかしそうにしてるのもポイント高いし。ていうか、送ってくれた最後は優って呼んでたじゃん」

「……あれは、その、あれだ。呼んでみただけってやつだ」

「言い訳が苦しいね」

呆れたように間宮は笑っていた。

俺程度の対人スキルじゃ勝てる気がしないよ。

「それはそれとしてさ。愚痴みたいになっちゃうんだけど、話聞いてもらってもいい？」

唐突に、話の流れなど関係なく、間宮はそう切り出してくる。

間宮がこういうことを言ってくるのは珍しいが、俺で力になれる内容かは怪しい。

「いいけど本当に聞くだけになるぞ、多分」

「それでもいいよ。実は、今日のお昼に先輩から告白されたんだよね」

「……珍しくはないんだろ？」

「うん。告白自体はよくあるし、それが先輩なのも慣れてる。でも、どうにもその人って結構人気らしくてさ」

人から好意を寄せられること自体は嬉しいことのはずなのに、浮かない顔をしていた。理由がかつての苦い記憶によるものだと知る俺は、ただ静かに間宮の話を聞くことにする。

「その様子からして断ったんだよな」

「まあね。そもそも、今好きなのは秋人くんだけだから」

「…………」

「照れてる？」

「……………照れてない」

ぎこちなく目線を逸らせば、「誤魔化せてないからね」と邪気のない笑い声が聞こえて、いっそう喉の奥に何かが詰まったような感覚に見舞われる。何気ないながらも混じりけのない真実の「好き」に対して、どう反応していいのかわからなくなってしまった。

同時にそんなに人気の先輩から告白されても間宮の好きがぶれずに自分へ向いている状況が嬉しくもあり、むず痒くも感じてしまったのだ。

確実に自分の気持ちが間宮の方へと傾き始めていることを自覚しながらも、その思いは精一杯に作ったポーカーフェイスで隠して向き直る。

「……話を戻そう。要するに、間宮はまた何か言われないかって心配してるわけだ」

「平たく言えばそう。女の敵は女、なんて言われるくらいには怖い世界なの。たとえ私に告白してきた先輩が運よく返事を貰えて付き合えたら儲けもの――くらいに考えていたとしても、先輩を好きな人たちには伝わらないから」

「……自分もそういう目で見られるかもって考えたら信じようとは思えないよな」

「そう。だから面倒」

はあ、と深いため息をついて、間宮は話を締めくくる。

それは確かに面倒な話題だ。

自分の力ではどうにもできないあたりも質が悪い。

「だからさ、溜まってるんだよね」

「……欲求不満、ってこと？」

「違うから。……違くはないけど、溜まってるのはストレス。ここまで言ったらもうわかるでしょ？」

「俺に付き合えってことだよな。でも、何する気だよ」

そう聞けば、間宮は企むような笑みを浮かべて、

「勉強会の日、午前暇なんでしょ？　だったらさ……おうちデート、しようよ」

とても聞きたくなかった事実上の決定事項を告げられた。


勉強会当日の土曜、朝。

朝起きれば家族の姿はどこにもなく、みんな仕事に出ていたようで静かなものだった。母さんが作っていったと思われるサンドウィッチを腹に入れつつ、考えるのは午後から始まる勉強会――の前。おうちデートなんて面目で、間宮が午前中から家に来ることになっている。

いや、その名称を使っているのは間宮だけなんだけどさ。

「…………落ち着かない」

洗面所の鏡の前で呟く俺の顔は、とても複雑なものだった。

間宮が午前中に来るのは百歩譲っていいとしよう。他に誰もいないのが不安要素だが、それもまあいい。だけど……間宮がおうちデートのつもりで来るのは、正直厳しいものがある。

俺と間宮は彼氏彼女の仲ではなく友達。デートは男女の仲の二人がすること。お互いに好きならまだよかったかもしれないが、俺は間宮からの告白を断っている。

要するに、とても気まずい。

あと、他に誰もいないからって間宮が何をするのか怖い。……こういう心配をするのって間宮の方じゃないのか？　男と二人きりの場所にいて、危険があるのはどう考えても女性側。

「……俺にはどうしようもないんだけどさ」

どうあがいても未来が変わることはないだろうと思うと、自然にため息が零れてしまった。

間宮は来ると言ったら来る。昨日の夜に連絡もあった。

午前中は間宮と過ごすことを覚悟しているため、緊張しつつも着替えなどの準備をしておく。念のため部屋も片付けていると、ピンポーンとインターホンが鳴り響く。

来たか、と思いながら玄関の扉を開ければ、黒いコートを着込んでいる間宮がいた。

「おはよ、秋人くん」

「……おはよ。まあ、なんだ。寒いから入ってくれ」

気が進まないものの、間宮を外には放置できないので中に招くと、「お邪魔します」と律儀に言ってから綺麗に靴を揃えて中に上がった。

コートを脱いだ間宮の私服は白いノースリーブのリブニットに緑色のシャツを羽織り、腰はベルトで巻かれている。下に履いているスカートの丈も学校の制服くらいの丈で、さっぱりとした印象を受けながらも少しだけ寒そうに見えた。

「ほんとに来たんだな」

「嘘だと思ってたの？　昨日の夜も『行くからね』って言ったじゃん」

「そうだけどさ……なんていうか、ほら。他に誰もいないし」

「エッチなことし放題だね」

「絶対しないからな⁉」

「うん、知ってる。秋人くんが私に手を出せるはずないし。童貞だもんね」

「最後の一言は余計だ」

あまりそういうことを言わないで欲しい。一応俺も男で、間宮は女性不信を抱える俺からしても可愛い部類の女の子で、好意も寄せられているのを知っているのだから。

目線で訴えるも、間宮は楽しそうな笑顔を崩さない。

その笑顔の理由を考えると途端に呻きそうになる。

だが、間宮は俺の耳元に口を寄せて、

「……シてみたくないの？」

湿った甘い声で囁いた。

ぴたり、と足が止まる。

頬を引き攣らせつつ間宮を見て、

「…………どうせする気なんてないだろ」

答えから逃げつつも反撃をするべく同じ問いを返す。間宮は目を丸くして、少しだけ考えこむ素振りを見せてから、頬をほんのりと赤く染めつつ恥じらいを伴った笑みを浮かべる。

そして、今度は手を俺の耳に当てながら、

「…………シたいなら、いいよ？」

嘘か本当か判別のつかない言葉を、再び囁く。

は？　と頭に疑問符がいくつも浮かび上がって、処理能力が耐えきれずにショートを起こす。

間宮の声が何度も脳内で反芻されて、徐々に自分が何を言われたのか理解する。

……いや、違う。間宮は俺のことをからかっているだけ。それが本心であるはずがない。

だって、それは、そういうことは恋人同士の二人がすることで。俺みたいな高校生にはどうしようもなく早くて。……でも、間宮の気持ちが嘘じゃないことも知っていて。

心臓の鼓動が早まっていたことに遅れて気づき、身体が酷く熱く感じる。知らずのうちに足も止まっていて、間宮が俺の顔を横から覗き込んでいた。ぼんやりとしか間宮の顔が見えなかったけれど、誤魔化しようのないくらい顔が赤くなっている気がする。

「…………なーんてね。冗談だよ、ほんの冗談。もしかして本気にしちゃった？」

くすりと間宮は笑って、調子よく口にする。望んでいた答え。胸のつっかえが引いていくのに、やっぱり誤魔化しているような気配が完全には拭えない。

「……頼むからそういう冗談ぽくない冗談はやめてくれ。心臓に悪い」

「そう、だね。うん。ごめん。でもさ——冗談じゃなかったらいいの？」

「…………本気だったとしたらもっとダメだろ」

緊張を覆い隠して、逆に呆れたような気配を意識的に漂わせて答える。そうじゃないと、この妙な空気に呑み込まれてしまいそうだった。鼻で笑うくらいのことができればよかったのだろうけど、俺にそこまでの免疫や気の強さはない。

それに、間宮が俺のことを好きなのだと考えたら、簡単に笑えるはずもなかった。

「ごめん。今のも良くないね。なんでこんなこと言っちゃったんだろう」

「やっぱり欲求不満なんじゃ――」

「違うからっ！」

間宮は心底恥ずかしそうに声を荒げて反論する。そうやって感情を表に出している時点で怪しさ満点ではあるのだが、間宮はわかっているのだろうか。藪をつついて蛇を出す気はないので追及はしないけど。

人間誰しも性欲はある。俺にも、間宮にも。そっとしておいてやるのが優しさだろう。

「ううっ、もう……ほんとに違うんだからね？　これはちょっと状況があまりにもお誂え向きだったから、興味本位で聞いちゃっただけで」

「これ以上喋ってたら墓穴を掘ることになるんじゃないか？」

「うるさいっ！」

ぺしっ、と肩を叩かれるも全く痛くない。

間宮の子どもっぽい様子を珍しく思いながらも、俺の部屋へと案内するのだった。

「ここが秋人くんの部屋……男の子って感じがする」

俺の部屋に入るなり、間宮はぐるりと見渡しつつ言った。部屋にあるのは机とベッドと家庭用ゲーム機の一式があるくらいで、そこまで珍しいものではない。

「それは片付けが雑とか散らかってるとか、そういう意味？」

「違うよ。女の子の部屋とは毛色が違うなあって。置いてあるものとか、匂いとか……あ、いや、これは別にそういうのじゃなくてね？」

「…………」

疑わしいものを見るような目線を間宮に送れば、数秒ほど沈黙が続いて、先に根負けしたのは意外にも間宮の方だった。若干泣きそうな雰囲気を漂わせつつ「……私、匂いフェチとかじゃないから」とズレた発言をしている。

「つまり？」

「…………落ち着く匂い、ということです」

かなりの抵抗感があったように思われたが、間宮はそう部屋の匂いを評価した。俺はなにもわからないけど……ずっといる場所だからそうなのだろう。俺も間宮の家に行ったときは妙に甘い匂いがしていたように思ったし――って、これ、変態性が高い発言では？

アウトな気がする。

なんとなく考えるのはやめた方がいい気がして思考を打ち切ると、間宮も同じことを思ったのかこほんと咳払い(せきばら)をした。

「……それに、匂いがどうこうはともかく、どう見ても散らかってはいないでしょ。私が来る前に片付けたの？」

「一応人が来るわけだからな」

「そっかそっか。見られたら困るものとかあるもんね」

「ないけど⁇」

「怪しいね。ベッドの下とか、机の引き出しの奥底とか……あるんじゃない？」

にたり、と口角を上げげつつ含みのある視線を投げられる。しかし、直接探すような真似はせず、間宮は迷いなく俺のベッドに腰を落ち着けた。

あまりに自然なそれに戸惑い、さっきの話を思い出してしまう。

「……間宮」

「優って呼んで」

「…………………優さん。どうしてベッドに座ったのでしょうか？」

「ここなら二人並んで座れるでしょ？」

悪気なく言って、間宮は自分の隣をポンポンと叩いている。

俺にも座れと言いたいんだろうけど……それは流石に厳しいのではないでしょうか。

「……喉乾いただろ。お茶持ってくるから」

「あ、逃げた」

うるさい、これは戦略的撤退だ。

間宮の視線を背に受けつつキッチンに向かい、二人分の冷たい麦茶をコップに注いで部屋まで持っていく。変わらずベッドに陣取っていた間宮に思うところがないでもなかったが、あえてそれを無視して先に麦茶で喉を潤す。

「……で、いつになったら下りるんだ？」

「秋人くんこそいつになったら私の隣に座ってくれるの？」

「いや、俺まで座る必要は――」

ない、と言おうとしたのだが、間宮が不満げに口先を尖らせつつ俺を見ているのがわかって思いとどまる。

今日、間宮は『おうちデート』なんて名称を使ってまで訪ねて来ている。俺と間宮は付き合っていないけれど、その想いを無碍にするのは気が引けてしまう。

それに、間宮が隣にいるのは学校で慣れている――それが俺のベッドなのは何かの冗談だろうと思いたいけれど――から、大丈夫だと信じたい。

返事はせず、呼吸を整え、間宮の隣に恐る恐る座った。ベッドが二人分の体重に悲鳴を上げる。腰が僅かに沈んで、受け止められる。

間には一人分の距離。

学校よりは近く、手を繋ぐよりは遠い空間。

「やっと来てくれたんだ」

安心したように間宮が微笑んで、その距離を半分縮めてくる。体重の移動に伴ってベッドがまたしても軋み、揺れた長い髪が肩にそっと触れた。強くなった間宮の存在感に押されるように、縮まった距離感を再び広げようとして――多分無駄だろうとため息を吐きだす。

移動した傍から間宮の方が近付いてくるに違いない。一度やったのなら、きっと二度目も三度目も、何度だってするはず。自分の好意が真実なのだと俺に伝えようとするために。

そんな間宮優という少女の在り方が、どうしようもなく眩しく感じてしまう。

「……逃げ場もないからな」

「逃がす気もないからね」

「いきなりヤンデレみたいになってない？」

「なってない。けど、いつまでもはぐらかされたままだとわからないかなあ。背中、気を付けたほうがいいよ？」

「流石に冗談だよな」

「……実はね、最近料理に力を入れてて、新しい包丁を買ったんだけど――」

淡々と語る様子に若干の震えが走るも、間宮はそんな俺を見て微笑むのだ。

……本当に勘弁してほしい。

間宮の表も裏も知っている俺としてはそんな短絡的なことをしないと、するはずがないと信じてはいるけれど、実際に本人の口から告げられると考えこんでしまう。失礼な話、心のどこかでは「やりかねない」と思っているのかもしれない。

女性不信が残っている俺にできるのは、間宮がヤンデレ化しないように適切な距離感を見極めつつ一緒にいることだけ。答え自体は伝えてあるのだから、優柔不断とか彼女候補をストックしてるダメ男とかは言われない……はず。

自分で言ってて結構ヤバくないか？　この状況。

「てか、二人で家にいて何するんだ？　勉強ってわけでもないだろうし」

「……好きな人と二人でいられるんだから、それだけで幸せなのに」

…………………、…………、……。

「秋人くん、顔赤くなった」

「……悪いか」

「ううん、全然。ちゃんと意識してくれてて嬉しい」

だからさ、と。

「まだ秋人くんが私を好きじゃないのはわかってるけど……少しだけ、私の我儘（わがまま）に付き合ってくれたら嬉しいな」

　照れつつも、間宮は真っすぐに伝えてくる。

「……それはどの程度のことを想定してらっしゃるのでしょうか？」

「何を考えてるのか丸わかりだけど、健全な範囲での話だよ。おしゃべりしたり、一緒にゲームしたり、意味もなく触れ合ったり……そういう恋人っぽいこと」

　それはきっと、世の中の恋人と呼ばれる人たちはみんな経験しているような、とても健全で慎ましくも幸せを感じる時間なのだろう。

　間宮は以前、恋愛なんて出来るはずがないと言っていた。優等生と裏アカ女子なんて二面性をもった間宮は、常に誰かに嘘をついている。けれど、その秘密と過去を知る俺だけは、間宮の中で扱いが違うのだろう。

　こんな関係になったのは偶然。俺じゃなくてもよかったのかもしれない。

　でも、今、間宮が好きだと思ってくれているのは俺なんだ。

「…………わかった。ただ、俺もわかんないからさ。お互い、嫌だと思ったらすぐに言う。それでいいよな」

「うん。そうじゃないと楽しくないから」

　同時に――こんなにも優しい少女の些細（ささい）な願いを叶（かな）えたいと、素直に思ってしまう。まだ大きく踏み出すのは怖いけど、俺も間宮と同じ景色を見たいから。

間宮の要望に沿って、まずはゲームでもしようかという流れになった。

「間宮はこういうの、やったことあるのか？」

「……もしかしてバカにされてる？」

「いや、そうじゃなくて。やったことなさそうだし。イメージ的に」

良くも悪くも間宮がゲームをしている姿が想像できない。勉強とか、本を読んでいる方がよほど似合っている。

「あんまりやらないけど家にもあるよ？」

「話が早いな。どれにする？」

「うーん……秋人くんの好きなのでいいんじゃない？」

「好きなの、ねえ」

しばし考え、選んだのは誰もが知る国民的レースゲーム。宇宙に作られたサーキットを飛行機で駆け抜けるという、シンプルながら奥の深いゲームだ。これなら初心者でも楽しめるだろうし、操作も簡単だからすぐに覚えられる。

「あ、それやったことある。でも、それかあ……」

「何か問題があるのか？」

「……私、身体も傾いちゃうんだよね」

「あー……わかる。よくいるよね、カーブのときに必要ないのに身体も傾く人」

「秋人くんはどうなの？」

「俺は……大丈夫になった。だから笑ったりしないぞ」

先んじて伝えておけば、間宮は難しい表情のまま頷いて見せる。

一人のときならまだしも、誰かに見られるのはちょっと恥ずかしいよな。俺も昔はよくアカ姉に笑われたものだ……しかも一切手加減なしで大人げない。そんな環境で育ったので、ゲームはそこそこ出来る方だったりする。

手早く電源を入れて間宮にコントローラーを渡し、起動音から数秒経ってモニターにゲームの映像が表示される。『ひゃっほう〜っ！』なんて楽しげな髭男の声。表示されたメニュー画面から、コンピューターキャラも交えての対戦を選択。

「キャラはどうしようかな」

「私はスタープリンセスね」

間宮が迷いなく選んだのは星系のお姫様……という設定の女の子。水色にカラーリングされた高級車のような機体がスタープリンセスの専用機だ。性能は速度重視の重量級。扱いが難しいキャラではあると思う。キャラクターの性能が変わるものとしては専用機があるくらいだから、特に有利不利は生まれない。それでも強いキャラと機体の組み合わせはあるけどね。

俺はコミカルな骸骨のキャラクター……キャロを選択。機体もイメージに合わせて骨で組まれたものだ。性能は加速寄りの中量級だから、間宮のキャラには押し負けてしまう。

「コースは選んでいいぞ」

「そう？　じゃあ……ここ」

「スターリーロード？　なんでまたそんな落下し放題の難しいコース？」

「私ここ好きなんだよね。大体当たったら落ちていくから、それが面白くて」

「思ったより理由が酷かった」

まさかの当たり屋だった。

スターリーロードは宇宙空間に作られたコースを走るのだが、落下防止の柵が外側にないため、押されると簡単に落下してしまう。

間宮が扱う機体は重量級……完全に狙っている。しかもそれを楽しみにしてるって……やっぱり性格悪いと思う。ゲームは性格悪い方が強いってよく言われるけどさ。

そんなこんなでゲームが始まり、ファンファーレと共にスターリーロードへと画面が切り替わる。

「ねえ、普通に勝負するのじゃあ面白くないし、何か賭けない？」

「随分な自信だな」

「まあ、自信はないわけじゃないかな。秋人くんもでしょ」

「結構やってるゲームだから負けるとは思ってないけど……何を賭ける気だよ」

「小さなお願いを一個だけ叶えてもらう。ミソなのは『小さな』ってところ」

……なるほど、小さ、な、お、願、い、いね。

探るように間宮の顔色を窺えば、どうにも薄い笑みを浮かべているのみで情報が少ない。

こういうときの間宮は大抵碌でもないことを考えていると経験則でわかっている。

だからこその警戒だったが……本心を常に隠して生活してきた間宮に敵うはずもない。

でもまあ、普通にゲームするよりも面白そうではある。

『小さなお願い』の基準は人によって曖昧。実際は口にしてから判断することになるだろうから、よっぽどのことは要求できないし、されないはず。

「いいよ、それで。負けても文句言うなよ？」

「わかってるって。秋人くんこそ油断しないでね？　――こういうときの女の子は強いんだから」

にい、と僅かに口角を上げつつ間宮が口にして。原因不明の震えを感じつつも、気のせいだと切り捨てて画面へと意識を集中する。

コントローラーを握る感覚はいつもと同じ。二分割された画面の上が俺のキャラで、少しだけ窮屈な感じはあるけれど問題はない。

画面上部に現れる『3』というスタートまでのカウント。それが『2』、『1』と続いたところでアクセルを入れ――スタートの合図と同時に星を散りばめたようなコースへと飛び出した。

スタートダッシュは俺も間宮もほぼ同時。数体の機体と速度を競うように星色のコースを走り始める。

このコースで重要なのは何よりも落ちないこと。特に妨害系のアイテムを食らったらスタンして走りが止まり、その隙（すき）に押し出されてコース外へ落下……なんてことがよく起こる。

だから後ろの動向にも気を遣って走らなければならないのだが——とりあえずは前方集団を走ることにした。

順位としては12人中の3位。

間宮もすぐ後ろをつけていて、隙ができれば俺を落とすべく虎視眈々（こしたんたん）と狙っている。

「見え見えすぎるだろ」

「これが愛の力ってことかな」

「物理的なのはちょっと……」

「そうしなきゃ伝わらないこともあるし」

なんて言いつつ、間宮は俺に妨害アイテムの流れ星を投げてきた。

ピヨピヨピヨ——なんて可愛らしい音と共に機体へ迫ったそれを事前に察知していたため、横に移動することで難なく避ける。

「どうして避けるの？」

「避けるだろそりゃあ」

だって当たったらそこにぶつかって来て落とされるんだろ？

負けたら『小さなお願い』とやらを要求されるのだから手加減できるわけがない。そうじゃなくても見え見えの攻撃を避けられないようではアカ姉とは勝負にすらならないのだ。

そんな調子でレースは進み、二周終えたところで俺は一位、間宮が二位につけていた。間宮の妨害を華麗にかわし、時に他のキャラに押し付けることでなんとか無傷を保っている。

「女の子に花を持たせようとしないの？」

「正々堂々の勝負だろ。自分から負けてやるほどの義理はないな」

「そっか。じゃあ……しょうがないか」

はあ、と小さなため息。なんとなく、間宮の雰囲気が変わったことを察知して画面に集中していると、目の前にカーブが差し掛かった。

それをドリフトで曲がっていると、後ろを間宮も同じように曲がって――

「っ、おいっ」

「あ、ごめーん。ついつい身体が傾いちゃってさ」

カーブにつられて倒れてきた間宮が悪びれなく俺に凭れかかってくる。押し付けられているニットに包まれた間宮の胸の柔らかさがこれでもかと伝わってきて――思考が揺らぐ。

しかも、カーブが終わっても間宮は俺に凭れかかったまま動かず、レースを続行していた。

「頼むから離れてくれっ……！」

「えー？　だって、こうしてたらカーブのたびに身体が曲がらなくて済むし、秋人くんに精神攻撃できるし一石二鳥じゃん？」

「絶対最後がメインだろっ⁉」

「まあね。勝つためには手段を選んでいられないし」

上目遣い(うわめづか)いに間宮が俺を見上げてくる。男子諸君ならば勘違いしそうになる甘い視線も、今は悪魔の眼差しにしか感じられない。集中力が削がれていくのが自分でもよくわかった。

意識しないようにしていても、間宮が身じろぐたびに押し付けられる胸の形が少しずつ変わって、非常に悩ましい感触を否応(いやおう)なしに示してくる。

それは、女性に対する免疫のない俺にとっては猛毒に近しいもので。冷や汗をかきつつも、どうにか残り数十秒もすれば決着のつくレースに集中しようと長く息を吐きだした。

「……こんなので負けないからな」

「そう？　じゃあもっとくっついてもいいよね」

「は？」

あ、選択肢ミスった。

素(す)っ頓狂(とんきょう)な声を出しつつも画面からは目を離せずにいると、さらに間宮が近付いてきて密着度が増す。左腕が柔らかい二つの膨らみに挟まれて、耳にかかる温かな吐息に反応して背筋に震えが走り、一瞬思考が完全に飛んでしまう。

ぴと――っ

それと同時に、後ろをぴったりとつけてきていた間宮が加速アイテムを使って、

「えいっ」

可愛げのある掛け声と共に衝突された。俺が操る機体が大きく吹き飛ばされ──コースの外に落下してしまう。まずい。ここで追い越されると逆転が本当に厳しい。

残りは最終コーナーと直線だけ。巻き返せるか？　いや、やるしかない。

間宮がここまでするのだから、『小さなお願い』とわざわざ銘打った何かが俺にとって不都合な可能性もある。

「これはもう私の勝ちかな」

「……絶対追い抜く」

「いや、もう無理でしょ。アイテムもカーブ前の1個だけだし」

その通りだ。

だけど、アイテム1個あれば逆転の目は十分に存在する。

「あまり俺を無礼るなよ……？　大人気なくガチ機体ガチキャラで爆走するアカ姉とどれだけ戦ってきたと思っているんだ」

「ええ……」

心の炉心に火が灯る。

これは負けられない戦いだと魂の底から認識した俺は、ゲーム以外の全てが目に入らなく

なった。お助けキャラに釣り上げられてコースに復帰した頃には、順位も6位に下がってる。

だけど、この程度は問題ない。むしろ、このくらいの順位の方が都合がいい。

的確にコース取りをしつつ迎えた最終コーナーはアウトインアウトでのドリフトを駆使しつつ、アイテムを取って加速。

引いたアイテムは──彗星。

現在1位のキャラへ問答無用に飛んでいって爆発するアイテムだ。

「ちょっとそれはダメじゃないっ⁉」

隣から悲鳴が聞こえたものの無視。問答無用で彗星を打ち上げ──前方で間宮が扱うスタープリンセス目がけて落下し、盛大に爆発する。

くるくるとスタンしている間宮だったが、寸前でブレーキをかけて後方にいた数人を巻き込んでいたため、順位の変動はなし。スタンから復帰した間宮は急いでアクセルをかけ、その隙に距離を詰めた俺との直線一騎打ちとなった。

「あーもうっ！　こうなったら意地でも勝つから……！」

間宮の声に熱が籠る。

踏み込まれたアクセル。完璧に俺の前を塞ぐようなコース取り。

その後ろを俺の機体が追随する。このままの速度では間宮を追い越すのは難しいが──ここならアレが狙える。

もうゴールは目前。『3』、『2』、『1』——

「きたっ！」

ぐん、と俺が走らせる機体が加速した。

「スリップストリーム……！」

「悪いな間宮、これで抜かせてもらうぞ……ッ!!」

今気づいても遅い。

加速を続ける俺の機体が間宮の機体を追い抜こうと前へ前へと出ていく。ゴールまでの距離はもう少ない。このまま走ったとして、ギリギリ追い抜けるかどうか。

後はもう走るだけ。もう少し、あと少しで勝てる——というところで、間宮がくっと俺の方へ機体を傾けて衝突し、速度が僅かに奪われる。

あ、と声が漏れたのと同時に、画面に現れる『二位』という文字。

「……私の勝ち、みたいだね」

はあ、はあ、と息を荒くしつつ、間宮が寄りかかったまま勝利宣言をして。

「……らしいな。間宮、あんまりゲームやらない割に強くないか？」

「秋人くんが弱い……はないか。私が強いってことにした方が平和的に解決できるよね」

「気遣いが痛い」

「ごめんごめん。ま、とにかく——これで『小さなお願い』を聞いてもらえるね」

そう。

このゲームの勝敗には『小さなお願い』の権利がかかっていた。

「本当に『小さなお願い』だけだからな」

「わかってるよ。てことでさ……いつもみたいに写真撮ろうよ。ただ——私は学校にいるときみたいに優等生として振る舞うから、よろしくね？」

…………はい？

「……えっと、つまり、いつも教室でやってるような写真撮影を優等生のテンションでやる……ってことか？」

「そうそう。面白そうじゃない？」

「それ、俺が変態みたいにならないか」

「なるね」

なるね、じゃないよ。

アレを学校の……優等生状態の間宮にするの？

あの無駄に丁寧で、微妙に壁があって、でも思いやりを忘れない間宮を相手に、要するに裏アカで使うようなエッチな写真を撮れ……と？

無理無茶無謀の三拍子では？　多分俺、罪悪感で死ぬ。

「俺は『小さなお願い』って聞いてたんだけど、これのどこが小さいんだよ」

「やってることはいつもと同じ、写真を撮ってるだけだよね？」

「それはそうだけどさ……勝手が違う」

「みんなギャップ萌(も)えに弱いよね。わかる」

「わかるならやめてくれよ……」

「嫌。だってさ、こうしていたら秋人くんは私を見てくれる——そうでしょ？」

甘えるように間宮は肩へ頬ずりしつつ、淡くも眩しい感情を伝えてくる。

つまるところ、そうしたい理由がたった一つなのだとわかってしまって、断りたくなる気持ちが遠ざかってしまう。

「……はあ。わかった。やるよ、やればいいんだろ」

でも、素直に答えたくなくて、愛想を表に出さず仕方なさげに頷けば、「流石は秋人くん話がわかるね」とノリノリな声があった。

なのに、間宮は一向に離れる気配がない。

「いつまでくっついてるんだよ」

「好きでしょ？　おっぱい」

「答え方に困る質問ぶつけるのやめない？」

「困ってくれるのは嬉しいなあ。でも、そうだね。名残惜しいからってずっとくっついてるのは良くないから、そろそろ始めよっか」

ようやく間宮が離れ、深呼吸を一つ。

ぱちりと長い睫毛を瞬かせて、

「それでは藍坂くん。私の写真、可愛く撮ってくださいね？」

楚々とした微笑みを浮かべながら、間宮は俺にスマホを手渡すのだった。

とはいっても、だ。

具体的にどんな写真を撮るか、までは決まっていないわけで。

「せっかく藍坂くんのお家にいるのですから、学校では撮れないような写真がいいですね。すみません、ベッドに寝転がっても大丈夫ですか？」

「それは構わないけど……」

「では、遠慮なく」

間宮はそう言うなり、ころんと身体をベッドに預けた。ロングスカートの裾が捲れ上がって、滅多に目にすることのない間宮の健康的な色合いの素足が目に飛び込んでくる。間宮はそれを直すことなく、むしろ挑発するように微笑みながら、

「私が生足なのは、藍坂くんに見て欲しかったから……なんですよ？」

思わせぶりなセリフを告げる。

それが本当だと示すように、間宮は少しだけ自分でニットの裾を捲り上げる。露わになっているのは膝くらいまでで、教室での撮影より幾分は慎ましい。

けれど、その脚線美を生で見るのは初めてだ。健康的な白さながら、細くもふっくらとした芸術品のようなライン。

ジャケットもはだけていて、陶器のように滑らかな肩のラインが飛び込んでくる。肩口に沿っているノースリーブニットと肌の境界線には、魅了されるような肉感があった。

生唾を呑んだのも、きっと間宮にはバレているだろう。

「どうですか？　真面目で優しいクラスメイトの女の子が、自分が毎日使っているベッドで寝ている姿は」

「………悪趣味にもほどがある」

「酷い言いようですね。でも……ドキドキ、するでしょう？　私も同じ気持ちです」

頬を仄かに赤く染めながらの一言。

そこにあるのは俺が知る間宮優という少女の表の顔と言うべき表情で。

ある意味では、間宮優の裏の顔と言うべき仮面で。

妙な緊張感を感じて徐々に脈拍が上がっていくのを感じる。同様に身体も熱を帯びているかのような感覚に見舞われ、真正面から間宮の姿を見るのは躊躇われた。

「ダメですよ、目を逸らしては。藍坂くんは私の写真を撮るんです。こんなことをさせるのは……藍坂くんだけですからね」

甘い、甘い声が、ふわふわとした思考の隙間に入り込んでくる。

それは確かに学校で優等生と呼ばれる間宮優と同じで、けれど、どこかが決定的に違っている雰囲気に、頭が混乱してしまう。本当に今の間宮を撮っていいのかと迷いが生まれる。

優等生――間宮優は誰にでも優しく、誰のものでもない。だと言うのに……その張本人が俺のベッドで気を許している表情のまま仰向けに寝ているのだ。

そして、俺の場合は俺を好きだと言ってくれる人なわけで。

要するに、ドキドキしていた。

うるさいくらいに心臓が拍動を繰り返して、身体の芯が熱されている気さえする。

客観的な評価として間宮は魅力的な異性。女性不信があるとはいえ性的志向が異性ではある俺にしてみれば、この状況は果てしなく矛盾したもののように思えてしまう。

だが、その面倒極まりない思考を見透かしたように間宮は緩やかな笑みを浮かべて、

「いいんですよ。藍坂くんに撮られるの、好きですから」

迷いの幕を取り払うように囁くのだ。

声に乗せられた好意は本物。雰囲気が違うだけで中身はやっぱり間宮なのだと理解する。

俺は操られるようにカメラのピントを間宮に合わせて、

「……撮るからな」

「はい。藍坂くんが好きなように撮ってください。望むならどんなポーズでも取りますから。エッチなのも場合によっては許します」

「………しないからな、絶対」

「優しいですからね、藍坂くんは。でも、私から頼んだら撮ってくれますよね」

「『小さなお願い』の内容は間宮が優等生モードで写真を撮ることだからな。でも、優等生の間宮はそんな頼みを俺にしないいんじゃないか？」

これは確認というよりも、そうであってくれという願いの側面が大きい。

しかし、間宮は薄く笑みを浮かべながら、

「優等生が悪いことをしないなんて理屈はありませんよ。私だって人間です。もしかしたら、そういうことを頼むかもしれませんよ？」

明らかに俺の反応を愉しむような声音で言って、片目を瞑って見せる。なるべく、そういう可能性を考えないようにする。

スマホの画面に映るのは俺のベッドに寝ている間宮の全体像。

まずは、その姿を切り取るようにシャッターを押した。

どことなく愁いを帯びている表情。カメラ目線ながら伏せがちになった目元。ほんのりと赤く染まっている頰の色合いと相まって、雰囲気が妙に色っぽい。

俺のベッドを占有しているのは紛れもなく間宮優という清楚可憐な隣の席の女の子で――

やっぱり、いけないことをしているような気になってしまう。

俺が間宮という清廉な花を汚しているかのような、そういう背徳感。

誘い出し、摑まえ、離さない魅力は、心を蝕む甘い毒のようだ。知ってしまえば、その前に戻ることは叶わない。

俺はもう、間宮に毒されているのだろう。この光景を異常だと理解しながらも、止められずにいるのだから。

「……適当にポーズ変えてくれ」

「わかりました」

俺の指示とも呼べない要求に間宮は頷いて、どこか艶めかしさを感じるゆったりとした動きで体勢を変えていく。

寝返りを打ち、横向きで枕を腕の中に抱き、脚も畳んで丸くなる。枕で間宮の胸が押し上げられ、その存在が強調されていた。肌が見えるとかそういうわけではないものの、やはり、男としては目線が集中してしまうのは避けられなくて。

一瞬だけ目線を奪われるも、じろじろ見るのは失礼だなと思って逸らすが、間宮は視線に気づいているのか目を細めて笑みを浮かべる。

「藍坂くんのそういうところ、とてもいいと思います」

「……そういうのじゃない」

「では、私に魅力がありませんか？」

「わかってて聞いてるだろ」

「藍坂くんの口から聞きたいんです」

蕩けた間宮の瞳。

そこに溢れるのは、優等生の姿では見せることのない感情で。

だからこそ、ちゃんと答えなければならないと、そう思った。

「……間宮は可愛いよ。でも、まだ、その気持ちに応えられないから」

「それならいいじゃないですか。私は藍坂くんが好きで、全部全部、私を余すことなく見て欲しいんです。それを藍坂くんが気に病む必要はありません」

「…………なんか、間宮は将来ダメ男を引っかけそうだな」

「そうならないように一番近くに藍坂くんがいてくれたら嬉しいのですが」

プロポーズのように聞こえなくもない言葉。同時に間宮は俺の方へ手を伸ばし、長袖の裾を指先でつまんでみせた。

甘えるような仕草。

手を振り解くのは簡単だったけど、実害はないからと甘んじて受け入れる。まだ間宮の気持ちには応えられないから、せめて近くにいて欲しいと求められるならその通りにしたいという思いもあった。

俺の気持ちも間宮のことが好きな方へと天秤が傾いている自覚はある。中途半端な気持ちすら受け入れてくれる間宮に俺ができることはこれくらい。

そう。

これくらいなのだ。

カメラの倍率を上げて、顔をメインに映し出す。

安心しきった、無防備とも言える緩んだ表情を撮る。

「せめてこう……警戒くらいしてくれ」

「藍坂くんの何を警戒すればいいのでしょうか？」

何一つ疑問に思っていないらしい間宮が小首を傾げつつ口にして、俺は頭を抱えてしまう。

休日、二人だけの家で、自分の部屋のベッドに自分を好きだと言ってくれる可愛い異性が無防備なまま寝ている。

これで俺が何も感じないと思われているのなら、それは大間違いだ。でも、何があっても手を出すことはないと断言できる。

俺は間宮の恋人ではなくて、ただの友人。

間宮から好意を寄せられていて、その想いに応えたくても、今の関係はそうなのだ。

無責任なことは出来ないし、したくない。

「……わかってるよ。俺が何もしなければいいだけだからな。体勢変えてくれないか？　起き上がって適当にポーズを取ってくれ」

そう言えば「わかりました」と返事があって、間宮が身体をゆっくりと起こした。枕を胸に抱いたまま脚をぺたんと畳んでベッドに座る間宮の姿をカメラに収めて、写真を撮る。

「どんな感じですか？」

「確認してみるか」

間宮にスマホを返すと、撮った写真を次々と流し見て――

「刺激が足りませんね。健全過ぎます」

「……ほんとにいつもみたいなやつを撮るのか？」

「ええ。そうでなきゃ、勿体ないじゃないですか。遠慮しなくていいんですよ？　清楚可憐な優等生のあられもない姿を撮っていいのは……藍坂くんだけです」

誘惑するように囁いて、間宮は俺にスマホを返した。

その拍子に手が触れ合う。

じんわりと温かな手の熱が、理性の壁を溶かすように伝わって。

離れた間宮の右手が向かった先はスカートの裾。迷いなく裾を摘まんで引き上げ、遂には太ももの肌色が目に飛び込んできた。

「生で見たのは初めてですよね。どうですか？」

「…………綺麗、だと思う」

「好きに触ってもいいんですよ」

……いや、それは無理です。

素の間宮相手ならいざ知らず、同一人物だとわかっていても抵抗感がある。

しかも、触るのなら俺の手とそことでは何も隔てるものがないわけで。

「踏ん切りがつかないのなら、私からしてもいいですか?」

「…………好きにしてくれ」

間宮から求められれば断れるはずもなく、俺の右手に間宮の左手が重なった。

そのまま、右手が白い大地へと誘われる。

初めに触れたのは指先。しっとりとして滑らかな肌触りなのに、指を押し返す弾力のある感覚。それでいて奥には心が温まるような熱量が秘められていて――遂に、ぺたりと手のひらもついてしまう。

タイツ越しとは違う、生の感触。

「藍坂くんの触り方……ちょっとエッチです」

「……別に、そんなつもりはないからな」

「わかっていますし、私も気にしていません。だから――」

間宮は少しだけ脚を開く。

陰になった部分からちらりと見えるのは、フリルのついた白の下着。

明らかにわざと見せているそれは、誘蛾灯(ゆうがとう)のように視線を吸い寄せて。

「もっと悪いこと、したくないですか?」

天使とも悪魔とも判別できない、蕩けた笑みを浮かべながら囁いた。

「実は最近、疲れがたまっている気がして。なので、マッサージとか、してくれませんか？」

すりすり、と俺の手で太ももを撫でながら、間宮は緩やかに聞いてくる。対して俺の頭にはさっき見せられた白い下着が焼き付いていて、思考が纏まることなくかき乱されたまま。

残されたなけなしの理性で現実を見つつ、悩んだ末に聞き返す。

「……『小さなお願い』は写真を撮ることじゃなかったのか」

「そうですよ？　だからこれは、純粋な頼み事です。せっかく藍坂くんのお家で二人きりなのですから、ここでしか出来ないようなことがしたいです」

「だからってマッサージは……なあ。やり方も知らないし、何より俺が気まずい」

「私が求めているのは精神的な充足ですから、凝りを解そうとか、そういう難しいことは考えなくていいんです。藍坂くんが私に触れて、その繋がりを感じられれば、それでいいんです」

ダメですか？　と見上げる間宮の目には、やっぱり好意しかなくて。

「第一、マッサージですよ？　いかがわしいことなんてありませんよね」

「それはそうかもしれないけど……」

「じゃあ決まりです。ああ、安心してください。終わったら私も藍坂くんにしてあげますから」

違うそうじゃない。

しかし、間宮の中では結論がついているのか、ベッドにうつ伏せになっている。少しだけ捲れ上がったスカートからは、お尻の輪郭が浮かび上がっている。

間宮は既に待ちの体勢に入っていた。

「……わかったよ。下手だからって文句言うなよ」

「構いません。でも、丁寧にしてくださいね？」

許可も下りたところで、初めに手を付けたのは肩から。痛くしないように力加減には気を付けつつ、手のひら全体を使って揉んでいく。ニットの生地越しでも華奢な身体つきが手に取るようにわかって、改めて異性であることが実感させられる。

思えば、あれだけ際どい写真は撮っていたけれど、当たり前ながら間宮の身体に触れる機会はあまりなかった。俺が女性不信で肉体接触を極力避けていたのと、それを除いても不用意に異性の身体に触れるのは良く思われないだろうし。

「……今更だけど、こんなことしていいのか？」

「いいも何も……私が頼んでいることじゃないですか。とても気持ちいいですよ」

妙に色気の乗った声で答える間宮に何かを感じないでもなかったが、それを胸の奥に押し込めてマッサージを続ける。肩、肩甲骨、背中と満遍なく揉んでいれば、「はぁ……んっ、そこ、凄くいいです……」なんて艶のある声が聞こえて、その度に俺の手が止まってしまう。

間宮はわざと集中をかき乱そうとしているのかと思ったが、どうにも心地よさそうに目を細めながら頬を緩ませているのを見れば、そうじゃないとすぐにわかった。

まあ、それはそれで根本的な解決ができていないのだが。

「声抑えられない？」

「すみません……気持ちよくて、どうしても出てしまうんです」

そういうことをしているわけではないのに、間宮の言葉がそういう方向のものに聞こえてしまって、大きく頭を振って不埒な想像を掻き消した。

俺がしているのはただのマッサージ。凝りを解しつつも主目的は触れ合うためというだけの、健全なじゃれあい。何一つ問題になるようなことはしていない。

……そう心の底から信じられたらどれだけよかったことか。

マッサージをしているうちに間宮も身じろぎをしていて、よりスカートの裾が捲れ上がっていた。結果、時折白いものが視界の端に映り込むようになって……本当に集中できない。

間宮に注意したところで素直に直すとも思えず放置していた。俺が気にしなければいいだけなのはわかってるけど、できたら苦労していない。

女性関係には免疫のない俺がマッサージをしているだけでも褒められて然るべきだ。

それも相手が間宮だからギリギリ成り立っている節はあるけれど。

「……なら、できるだけ耐えてくれ」

「善処はします」

前向きな返事があったことに安堵しつつ、呼吸を整えてからマッサージを再開した。

細すぎる腰に両手を八の字に添え、満遍なく圧をかけていく。

俺にマッサージの腕はない。間宮が求めているのは接触による精神的な充足。

だからこれでいい。

けど……その声だけはどうにかしてくれませんかね。

間宮もなるべく我慢しているのは表情や雰囲気から伝わってくる。それでも漏れ出てくる喉を鳴らしたような声は艶やかで、まるで俺がいけないことをしているような感覚になってしまって今すぐにやめたかった。

しかも、間宮の身体が揺れると白い下着に包まれているお尻まで動く。

誘っているかのようなそれを意識的に視界から除外してはいるものの、一度認識してしまうと頭に残ってしまって非常にやりにくい。

「藍坂くん……上手いですね。もう少し下もお願いできませんか……？」

「……馬鹿言うな。わかってて言ってるだろ」

「どうでしょうか……ね」

熱っぽい吐息を吐き出しつつ、緩んだ声のまま間宮は笑む。

果たしてこれが優等生の姿なのだろうかと一瞬考えてしまうも、よくない結論に至りそうなのを察して中断。

早く終わらせるためにも腰から脚へと移ろうとして……手が止まってしまう。

不意に眩暈と胸の奥から込み上げてくる気持ち悪さを自覚してしまったからだ。

写真を撮っているときもこんなに間宮に触れることはなかった。

だから、きっとここが今の限界なのだろう。

「……間宮、悪い。もう無理そうだ」

そう思って、もうやめようとしていたのに。

「本当にそうでしょうか。過去の経験から無意識的に無理だと判断しているのではないですか？」

静かな声音での言葉に、俺は一瞬だけ考えてしまった。

俺の女性不信はあくまで主観的な側面が大きい。中学校の頃、しばらく学校に行けなくなったときには精神科の方で診断を受けたが、区分的には鬱症状と言い渡された。女性不信は俺が勝手に言っているだけ。

「藍坂くんが本当に女性不信なら脅迫材料としての写真があったとしても、私を信じられるとは思えません」

「…………」

「勿論、藍坂くんの感覚を疑うわけではありませんし、傷つける意図もありません。ただ、確かめてみる価値はあると思います」

「……確かめるって、どうやって？」

「それは、ほら。ここに都合よく、どれだけ藍坂くんに好き勝手触られようとも不快に思うことのない、可愛い女の子がいるじゃないですか」

間宮は起き上がってから口にすると、自らの胸をとんとんと叩いて微笑む。

「いや、そもそも俺が望んでないし」

「……じゃあ無理やりにでもさせるので、いいです」

拗ねたようにも聞こえる不穏な呟き。間宮の手がするりと滑るように伸びてきて俺の右手首を掴み、引かれるまま辿り着いたのは間宮の胸だった。

突然の、あの日を思い出す光景に、頭が真っ白になって。

「どう？　柔らかいでしょ」

くすりと笑う声によって、意識が現実へと引き戻される。瞬間、俺は現実を直視してしまい――想定していたほどの拒否反応がないまま、俺の手は間宮の胸を覆っていた。

間宮の胸に触れている……触れてしまっていることに羞恥を感じながらも、同じくらいに以前のような拒否反応がないことに対して困惑を抱く。

軽い眩暈や心拍数の上昇はあるものの、以前と比べると症状の程度は雲泥の差。

「その様子だと、やっぱり平気だったんだ」

「……何の真似(まね)だよ。こんな、わざとらしく初めを思い出すようなことをして」

「初心に立ち返るのって大事じゃない？」

「出来れば目を逸らし続けたかったんだけどな」

「どうせいつか向き合うことになるんだし」

「諦(あきら)めがつくまで待って欲しかった」

「覚悟じゃないんだ」

そこはまあ、そうだろうとしか言いようがない。

俺は脅されている身で、パワーバランス的には俺が諦める方が色々と早い気がするのは既にわかりきっている。出来るのは解決を先送りにして、適度な距離感を保ったままの関係を続けることだけ。

「本題に戻るけど、秋人くんの女性不信は私が思うに、また傷つくことを恐れている結果なんじゃないかな」

間宮の推測は多少なり納得できるものではあった。女性不信は精神に傷を負ったことで生まれたもの。治っていようが治ってなかろうが、その経験から再び傷つく可能性を無意識のうちに遠ざけようとしていたのかもしれない。

「脅迫材料があって裏切れない私には恐れる必要がないから、こうして口では無理だと言いつつもなんだかんだで触ったりできる。それって信用があるから成り立つことじゃない？」

「……その信用も、あの写真があるからだし」

「過去を引きずるもの同士、信用出来なかったからね。今の私はもう、その前提条件が崩れかかってるんだけど。これが惚れた弱味ってことかな」

「知らないけどとにかく手を離してくれ。現在進行形で見た目が色々まずい」

こうして話している間も俺の手は間宮の胸の上にあって、一向に離す気配がなかった。

「てっきり秋人くんが触りたいものとばかり思ってたんだけど……違うの？」

「いつどこで俺が間宮の胸を触りたいって言った？　賭けてもいいぞ」

「今言った、っていうのはなしだよね。それだとないかな、不思議なことに。高校生くらいの男の子なら興味津々だと思ってたんだけど、秋人くんは私の身体になんて興味ないんだ」

「わざと誤解を招く言い方をしてるよな？」

それだとまるで俺が間宮の身体目当てみたいに聞こえるじゃないか。

いや、確かに俺を含めて男子高校生はそういうのに興味が湧く頃合いではあるし、別に俺が例外だとも言わないけど……心の底からそう思えるなら女性不信なんか治っているはずだ。

そもそも、そういう目で女性を見るのが失礼って話はあるけど。

「わかってるよ。秋人くんは自分から言い出せないだけだもんね。今だって胸を触らされているのが嫌なら強引に私の手を引き剝がせばよかっただけだし」

「怪我させるわけにもいかないだろ」

「自分を正当化出来たら大丈夫って白状しちゃったね」

これはそういうことになってしまうのか？ と半ば後悔を感じたのも束の間、間宮は不穏な気配を漂わせながらも笑みを浮かべて距離を詰めてくる。

俺はその進行に合わせて後ろに引くも、シングルベッドはいつまでも逃げられるほど大きくない。早々に見切りをつけて立ち去ろうとしたが――

「摑まえたっ」

胸に飛び込んできた間宮を無視できずに受け止め――ベッドに押し倒されてしまう。

背中に感じる軽い衝撃。それから、ほんのりと甘い芳香が鼻先を掠めた。心臓はブレーキを失ったかのように速く強く鼓動を繰り返す。自分の胸の上にある間宮の重さと温かさと、それらを上書きしてしまう柔らかい二つの感触に、頭がチカチカと明滅する錯覚を覚えた。

「……危ないから急に飛びかかってくるな。退いてくれ。重い」

「………絶対ヤダ。あと私、そんなに重くない。重くないから」

「二度言わなくてもわかるけど……まさか最近太ったとか？」

「言っていいこととダメなことがあるって知ってる？」

耳元でされた冷たすぎるマジトーンの囁き。熱と湿り気を帯びた吐息がもどかしく耳たぶを撫ぜて、条件反射的に背中が震えを伝えた。甘く痺れる感覚によって鋭敏化した感覚が、間宮の存在をより強く意識させる。

同じ人間とは思えないほど柔らかな女の子の……間宮の身体のそれと、誘うように奏でられる不均一な息遣い。目と鼻の先にあるつぶらな瞳は絶えず俺の顔を映している。潤いのある、ふっくらとした赤い唇が妙に艶っぽく感じてしまう。

「悪い子にはお仕置きが必要だよね……？」

にい、と緩やかに口の端を上げながら、ノリノリな調子で口にする間宮。

「いやちょっと待て話せばわかる今ならまだ間に合う――」

「もう無理。待てない」

ばっさりと訴えを切り捨てた間宮の顔が迫る。自分がされそうになっていることを意識したら、羞恥で身体が燃えるように熱くなった。じっとりと汗が浮かんできて、舌の根がスポンジに水分を奪われているかのように乾いていく。

不可抗力の緊迫感。こんなことを流れでしてはダメだとわかっていながら、抗議の声は喉の奥で潰れてしまう。

最後の抵抗として強く目を瞑れば――チュッ、と弾けるような音だけが届けられた。

顔には何も影響はなく、恐る恐る閉ざしていた瞼を開ければ、間宮は俺の首元あたりに顔を埋めていた。さっきの音も、繰り返すように響いている。

想定と似ているようで全く違う行動をされたせいか、一周回って冷静さを取り戻した。

「……つかぬことをお聞きしますが、一体何をしていらっしゃるので？」

「耳元で囁いたり、キスみたいなリップ音を聞かせてるの」

「人の耳でいきなりＡＳＭＲをするんじゃない。ぞわっとした」

「こんなに可愛い女の子がキス音聞かせてあげてるのにその言い方はどうなの？　あ、もしかして……本当はキスして欲しかったとか」

「それはない」

即座に否定すると、からかうように耳元で「素直じゃないね」と口にする。またしても変な感覚に反応して肩が僅かに跳ね上がる。

ＡＳＭＲなるものについて詳しいわけではないけれど、間違っても人の耳で直接することではないと思う。普通にびっくりして心地よさを感じるどころではない。

それと、この体勢も問題だ。間宮は完全に上から覆いかぶさって、さらには股の間に膝を入れているため、離れようにも力を入れることが叶わない。身体のあちこちに柔らかいものが当たっている。頭の奥がくらくらする官能的な感覚。

これは、よくない。

間宮もわかっているはずだけど、離れるどころか逆にくっついてくる。腰回りを擦りつけるようにしたり、身じろぐたびに大きな胸が形を変えて俺の胸を軟体生物のように動き回る。

耳にかかる熱っぽい吐息もよくない。否応なしに思考をピンク色に塗り替えられる。理性ではどうしようもない本能をくすぐる感覚と声に、自分の意思が溶けてなくなる怖さがあった。

「……抱きしめるのってこんなに気持ちいいんだね。あったかくて、落ち着いて……でも、凄くドキドキする。秋人くんはどう？ まだ嫌な感じする？」

囁かれながらの問い。

答えたくなくて渋っていると、催促するように間宮は胸を押し付けてくる。むにゅり、と服の上からでもわかるほどに形を変えたソレが、どうやっても目に入ってしまう。

「……少しくらっとするし、緊張で呼吸も荒くなるけど、思ってたほどじゃない」

「それは症状の話でしょ？ 私が聞きたいのは抱き着かれて嬉しいか嬉しくないか、だよ。まあ、なんだかんだ許されてる時点で答えはわかってるけど」

そうでしょ？ と緩く笑みを浮かべて――脇腹を細いものがなぞっていく。間宮の指だ。

動揺した瞬間を狙うように、ふぅーっと耳にかかる優しい吐息。

俺が肩を震えさせれば、間宮は悪戯が成功した子供のように笑う。

「こういうの、凄く恋人っぽくない？」

「……知らない」

「恋人じゃないのにこんなことするの、世間的には不健全なのかな」

「………………そうかもな」

「でも――不健全なことをするの、ドキドキして……楽しい。秋人くんも、私を傷つけるかもとか考えなくていいから。そんなことはしないって信じてるし、もし仮に傷つけられたとしても、私にマーキングしたんだなあって考えたら……ちょっと興奮しちゃう」

「少しは言葉を選んでくれ……間宮が嫌がることをするつもりはないけど、わかってるのか？

俺も一応男だからな」

「何かの拍子に間違えちゃいそう、ってこと？」

わかりきった言葉にまさか頷けるはずもなく、目を逸らしたまま無言を貫く。

俺と間宮以外がいない家。部屋のベッドで可愛いと称して差し支えのない、俺のことを好きだと言ってくれている女の子と抱き合っている。こんなの、緊張しないはずがない。

確かな信頼関係による暗黙の了解で成立している状況。後々の関係を悪化させないことを考えると、間宮に手を出す選択肢は消去法的にあり得ない。

俺にその気はないけれど、もしもここで手を出したら……今後、顔を合わせづらいことこの上ない。無駄に意識して笑われるのがオチだ。

もちろん、間宮も本気で言ってるわけではないだろう。雰囲気に流されて口走ってしまっただけ。そのはず。そう信じたい。

「秋人くんはどっちが好き？　前に教室でしたのと、今のこれ。私は今かな。秋人くんをより近くで、濃密に感じられるから」

「言い方が変態臭くないか」

「気のせいだよ。それで、どうなの？」

「……決められないってわかってて聞いてるだろ」

「わかっちゃった？　もしも答えてくれたら次の参考にできるかな、とは思ってたけど」

「次……？」

こんな正気度が削られるような経験が次もある……と？

冗談じゃないと目線でも訴えるが、間宮はどこ吹く風。届かぬ願いとわかっていても、淡い希望は捨てられなかった。

「いい返事をしてくれたら、いつでもこういうこと出来るのに。もちろん、今より凄いことも」

「……いざ自分からしようとしたら怖気(おじけ)づくくせに」

教室で際どい写真を撮ったとき、先に音を上げたのは間宮だ。俺はそう記憶している。

しかし、その言葉は間宮からすると不服だったのだろう。頬をむくれさせて、視線が真っすぐに交わる。無言の対話を経て、間宮の瞳に光が宿る。

マウントポジションから上半身を倒し、仰向けに寝ている俺の身体に再び覆いかぶさる。衣擦(きぬず)れの音。押し付けられる柔らかさに意識が割かれてしまい、小さく呻(うめ)き声が漏れ出た。

間宮は焦(じ)らすようにゆっくりと顔を頬に近づけ、頬同士をくっつける。肌触りのいいもちもちのほっぺたとの境界線がわからない。流れた細い黒髪が首筋にもどかしく触れて、背中が浮いたような感覚に見舞われた。

「そう思うなら……試してみる？」

するりと頭に滑り込んでくる囁き。一瞬、何を言われたのか理解できず固まって、それから顔が発火したように熱くなる。問い詰めようとしたのに、顔の近さがそうさせてくれない。

でも、間宮の頬が紅潮していることだけは見て取れた。

「……強がるなよ。恥ずかしいんだろ？　顔、赤くなってるぞ」

「……うるさいっ！　…………ほんとにしちゃうんだからね」

そうは言うものの間宮の声は呼吸音に紛れてしまうほど小さく震えていて、明らかに緊張していることが窺い知れる。だったらやめればいいのにと思うが、言い出した手前、引っ込みがつかなくなったのだろう。自業自得だけど、被害を受けているのは残念ながら俺も同じ。

「……前から気になってたけど、どうしてそこまで対抗心を燃やすんだ？　やめても俺は気にしないのに」

「前はともかく、今は違うのっ！　自分でも引っ込みがつかなくなってたのはわかってるつもりだけど……好きな人に好きになって欲しいって思ったら自然と、ね？」

行動とは裏腹に可愛げのある理由を述べられて、なんとも言えない気分になってしまう。頭ごなしに否定する気にもなれず、かといって素直に認められない。

もう少し加減をしてくれないと……困る。自分でも自分の心理がわからなくなってきた。

こんなことをするのは無理だと思っていたのに、いざ強引に迫られたら許容できている。相手が裏切れないとわかっている間宮だからか？　と考えるも、その答えが出ることはない。

一つ確実に言えるのは、完全に女性不信を克服しているわけではないこと。逆に、ある程度なら耐えられるとわかったのは収穫だろう。この状況をある程度と呼ぶのはいささか抵抗感があるものの、それはそれ。

「……はいはい、俺の負けだ。だから早く離れてくれ。重いし、熱いし、メンタルがしんどい」

「……そこまで言うならしょうがないね。今日のところは私の勝ちってことで」

溜飲を下げてくれた間宮に内心感謝しつつ、身体に感じていた熱と重さが離れていく。

やっとか、と安堵の息を漏らしながら、いそいそと起き上がって火照った顔を手で仰ぐ。

……本当に、色々危なかった。いつになく積極的な間宮に終始ペースを握られたままだったし、身体的な接触量も多かった。異性に慣れていない俺からすれば劇薬に等しい刺激で、頭がまだくらくらしている感じがする。

間宮は佇まいを直して隣に座ったまま、ぬるくなったであろう麦茶をこくこくと飲んでいる。まるで動揺なんてしていませんよ、という雰囲気を装っているが、チラチラと目線だけでこちらを窺う素振りを見せていた。

あれだけのことをしたのだ。間宮も思うことがあったのだろう。

ここは突っ込まないでおくのが優しさだし、俺も藪をつついてヘビを出したくはない。お互いの利益のため、これ以上の追及はなしにしようと無言のうちに協定がなされた。

間宮は四分の一ほどまで減らしたコップを置いて一息つくと、申し訳なさそうに俺に向かって頭を下げた。

「藍坂くん、こんなお願いまで聞いていただいてありがとうございます。さっきも、強引なことをしてごめんなさい」

「それはもういい。止められなかった俺にも責はあるわけだし」

「……ですから、これはもう終わりにして、普通に二人でお話ししませんか？」

「そうしてくれ。今の間宮が相手だと調子が狂う。というか、なんで今になって優等生口調に戻したんだ？　さっきは素だったよな」

「それは……察して？」

気まずそうにしつつも視線を合わせて呟く間宮の顔はほんのりと赤く、こっちまで色々思い出して恥ずかしくなってしまった。

第5話　共同作業ってことで

「楽しかったね。いつもと違う感じがして新鮮だった」

　ぐーっと両手を伸ばしながら、変わらずベッドに座っている間宮(まみや)が無理やり普段の調子を取り戻すように口にした。優等生モードは終わりのようで、気楽な素の口調に戻っている。この切り替えの早さは流石(さすが)と呼ぶべきだけど、素直には褒められない。

「……俺(おれ)はかなり疲れた。二度とやりたくない」

「秋人(あきと)くんが言ってるのは主に後半の私についてだよね。前半戦はどうだったの？」

「そっちはそっちでしんど……面倒だった」

「どうして言い直したのかな？」

　文句を言われそうになったからに決まってるだろ、とは言えない。

「やっぱり素の私を相手にするのとは感覚的に違うの？」

「……無駄に素直で純粋無垢(むく)っぽく見えて、ああいうことをするのに凄(すご)い罪悪感を感じるって言えばわかるか？」

　感覚的な部分をどうにか言語化して伝えると「綺麗(きれい)なものを汚す感じね」と変な納得の仕方

をしていた。多分間違ってはいないんだろうけど、もう少し言葉は選んで欲しい。その理屈だと……まるで俺が間宮を汚していたみたいに聞こえるし。

もっと当たり障りのない表現をするなら……新品のノートに初めて文字を書き込む感じとかだろうか。うん、その方がいい気がする。

「でも、そういうのって男の子的には美味しいシチュエーションなんじゃないの？　清楚な女の子が自分の前では——なんてさ」

「……人による、とだけ言っておく」

「なにそれ。秋人くん的には違うの？」

「表も裏も知ってるから違和感があるし、結局どっちも間宮なら考えていることも筒抜けになってる気がして落ち着かない」

表に出ている人格が変わったところで、精神的な部分は変わらない。どちらも間宮優という一人の少女が持つ側面ではあるけれど、だからこそこれまで違うように見えていたものが表裏一体だと気にしてしまう。確実に言えるのは、優等生状態の間宮がそういう要求をしてくるのは心臓に悪い、ということ。

正直二度とやりたくないし、させないで欲しい。

間宮が一切気にしていないとしても罪悪感で顔を合わせにくくなりそうだった。

「私は楽しかったけどね。学校ではあそこまで近い距離感で秋人くんと接することは出来ないでしょ？　だから……ちょっと調子に乗っちゃったのは認めるよ。最後のも含めて」

「普段からあの調子だと疑われかねないからな」

「……私は別に疑われてもいいんだけどね」

　拗ねたように小声で呟いたそれは、俺に向けた言葉で。

　ちらちらと上目遣い的に見上げてくる視線がむず痒い。

　その言葉が意味するところの感情も理解してしまっている俺としてはどう答えたものかと頭を悩ませるが、冴えた解答など手に取れるはずもない。

　少なくとも今は——間宮の想いに答えられる状態ではないのだから。

「それよりも、さ。こういうのがイチャイチャしてるってことなのかな」

　隣に座っていた間宮の身体がこちら側へ傾いてくる。肩の上に頭が乗って、長い髪が僅かに乱れながら広がった。確かな重みと、温かさと、衣服越しの触れあい。

　最後に残った距離を縮めるように、間宮の右手がベッドについていた俺の左手に重ねて、指を絡めてくる。それが世の中では恋人繋ぎなんて呼ばれているものだと知ってはいたが、解く気にはなれなかった。

「さあな。俺と間宮は恋人同士ってわけでもないんだし」

「誰かさんが答えを後回しにしてるからね」

「……ごめん」

「いいよ、待つから。これは秋人くんがちゃんと答えられるようになったときのための仕込みなの。私のことを少しずつ意識させて、離れられないように……って」

「もしかして間宮、病んでいらっしゃる？」

「初恋は大事にするタイプなの」

甘えるように寄りかかる細い身体は力を込めずとも押し返せそうなほどに軽くて。言動から伝えられる間宮の想いは感じた経験がないくらい重くて。

「……この調子で午後も勉強会って大丈夫なのか」

「正直、あんまりよくない。ずっとドキドキしてる。今もだよ。触ってみる？」

「やめろ」

「照れてるね。もう何度も触ってるのにさ」

「それとこれとは話が別だ」

「いつまでも新鮮な気持ちでいてくれるって解釈にしておくよ」

随分と前向きな評価をされたところで、二人とも無言になる。静かになった部屋には二つの呼吸と、時折軋むベッドの音だけが満ちていた。本当なら落ち着けるはずのない状況なのに、自然と凪のような感覚を覚えていた。

当たり前のはずがないのに、どうしてか、フィット感とでも呼ぶべきものがある。

過度な緊張も期待もなく、自然でいられる環境。家族で団らんしているときのような、ある種の安心感に似たもの。

「……いいね、こういうの。安心する。家ではいつも一人だからさ。私、寂しがり屋みたいだし、誰かが傍にいてくれると気が緩んじゃう」

「あんまり緩み過ぎないようにしてくれよ」

「好きなだけ甘えさせてくれてもいいじゃん。私がこうしていられる相手は秋人くんだけなんだから」

「時と場所と場合と俺の精神状態を考えてくれ」

「一番最後以外は大丈夫じゃない？」

猫なで声で言いつつ、ぺったりとくっついたままの間宮。

こうも密着されると落ち着かない。心臓もずっと鼓動が速いままだし、繋いでいる手も汗をかいていることだろう。離れたくても離れられないのに――その繋がりに安堵を感じていることも確かで、矛盾を抱えた自分に疑問が浮かぶ。

女性不信が前よりも改善されているのか、あるいは……と考えて、解決してしまう怖さから目を背けるように思考を止める。精神状態の方がついていっていない。

これでは本質的に変わっていないのと同じだ。

そうだとしても、今、このときだけは。

「……まあ、いいか」

好意的な感情と諦めを半分ずつ混ぜ込んだまま過ごしてもいいと思えた。

「……凄い眠そうなところで悪いんだけどさ、昼どうする？」

肩に凭れかかったままうとうととしていた間宮に声をかければ、「んー……？」と甘えるような声を発しつつ顔を向けてくる。細められた眠たげな目を擦ってはいるが、まだはっきりしていないのか俺を見る目はぼんやりとしていた。

信頼している証拠と考えれば込み上げるものがあったが、それを無視して再び「起きてくれ」と間宮の肩を揺らすと、仕方なさそうに口を手で押さえながら欠伸をしつつ、

「もうそんな時間なの？　楽しい時間は過ぎるのが早いね」

「楽しいって……並んで適当に喋りながらぼーっとしてただけじゃないのか」

「日常の幸せだよ。それで、お昼だっけか。こっちで食べてもいい？」

「初めからそのつもりだっただろ。予定はカレーだ。今から作る」

「いいじゃん。私も手伝う」

自己申告では間宮の料理の腕は結構な物らしいから期待するとしよう。普通なら客に手伝わせるのは良くないけど、まあ間宮だしいいか。押しかけられているのは俺だからな。

「あー……でも惜しいなあ。ずっとこうしていてもいいくらいなのに」

「……それは困るからやめてくれ」

「私はもっと秋人くんに困ってほしいけどね」

「今が困ってないとは言ってないからな」

結局、写真撮影の後は一時間くらい隣でくっついたままだった。

胸は容赦なく当たるし、いい匂いもするし、しかも嬉しそうな雰囲気を前面に出してくるものだから、困るのは困る。でも、間宮がわざわざ『おうちデート』と称してまで押しかけて来た気持ちを考えたら、突き放せるはずもない。

やっぱり押しに弱いんだろうなと内心苦笑しつつ、ゆるゆるの間宮と共にキッチンへ。

「えーっと、エプロンが……あった。これ使ってくれ」

間宮に手渡したのは猫柄が描かれた黒いエプロン。

それを間宮は「可愛いね」なんて言いながら身につけた。

そして、見せびらかすようにくるりとその場で一回転。

「どう？　似合ってる？」

「似合ってる似合ってる」

「……なんかなげやりじゃない？」

「気のせいだ」

そもそも間宮は素で整った顔立ちをしているから似合わない服の方が少ないと思う……なんてことは正直に言わない。本人相手に言うのは恥ずかしいし。

「作るのはカレーなんだよね」

「そうだけど、なにか？」

「いや……こう、さ。家庭の味みたいなのがあるじゃん」

「別に普通だと思うけどな。ニンジン、タマネギ、ジャガイモと豚肉――」

具材を指折りで確認していると、間宮が真剣な表情で待ったをかけた。

そして――重いため息をついて首を振る。

「ほらね。カレーにも色々あるんだよ。特に……お肉の種類は家によって違うよね。私は牛肉で作ることがほとんどなんだけど」

「あー……そういうことね。因みに聞くけど、豚肉カレーなんて食べられないって過激派？」

「普通に食べられるよ。というか、お肉が違うだけで食べられない人って宗教上の関係以外でいるの？」

「いるらしいんだよなあそれが」

なんて話しつつ、冷蔵庫から食材を取り出して台に並べていく。棚から底の深い鍋を取り出し、水を張ってクッキングヒーターを起動。とりあえず沸騰させないことには始まらない。

「間宮は」

「名前」

「……………優さんはニンジンとジャガイモをお願いしてよろしいでしょうか」

「任せて」

腕まくりをして間宮が答え、ニンジンとジャガイモを自分の前のまな板に乗せた。俺も隣り合わせでまな板を置き、タマネギと豚肉のパックを用意。

「あ、タマネギ隣で切るのよくないよなあ……」

「わかってたけど、気にするのが秋人くんだよね。二人で泣いたらいいんじゃない？」

「……繊維方向に切れば多少はマシなんだっけか」

前にタマネギを切っていて涙が出ないようにする方法を調べたことがあった。原因はタマネギに含まれるなんかの成分らしく、それが繊維方向に切ると抑えられるのだとか。

まあ、それでも目がヒリヒリすることはあるんだけどさ。

とにかく切らなければならないことはわかりきっているので、悪いとは思いつつもタマネギを切っていく。

隣では間宮も手際よくジャガイモから一口大のサイズに切り始めていた。鍋に入れるのは順番的にジャガイモが一番初めだからな。

「そいえばさ、どうしてカレーなの？」

「昼に作れば夜も食べられるから」

「完全に主婦目線だね」

「献立を考えて作るのも楽じゃないからな。……あー、染みる」

「そのまま目を擦っちゃダメだよ？　ちゃんと手を洗ってからじゃないと目に成分がついちゃって余計に染みちゃう」

言われて危うく目を擦りそうになっていた手を止める。どうせ切り終わるまで染みるなら我慢して最後まで切ってしまった方が早い。目をしぱしぱとさせながらもタマネギを最後まで切り終えた。それを氷水を張っておいたボウルに移しておいて、まな板と手を一度洗う。

「鍋も沸騰してきたな。ジャガイモ入れるか」

「もう入れたよ」

間宮は先んじて動いていたらしい。手際が良くて助かるな。

「……なんかこれ、夫婦みたいだね」

ぼそっと隣で呟かれた間宮のそれに驚いて咳込み、何を言ってるんだとため息をついて、

「…………違うからな」

「じゃあ、共同作業ってことで」

なんやかんやありつつも無事にカレーを作り終えた俺と間宮は、やっとのことで昼食にありついた。時間も手間も一人の時よりかかっていないけど、疲労感が半端ではない。

皿に二人分の盛り付けをして、リビングのテーブルに向かい合うようにして座り、「いただきます」と手を合わせてから食べ始める。

スプーンには白いご飯とカレールー。スパイスの香りが食欲をそそるそれを口に運び、

「……うん。こんなもんだろ」

いつも通りの味に少しばかり安堵する。

家族だけならまだしも間宮も食べるのだから失敗していたらどうしようかという思いも欠片（かけら）ほどはあった。二人で作ったカレーが失敗する可能性は限りなく低かったけど、それはそれ。

「結構おいしいと思うけどなあ。なんでだろ。愛情？」

「変なものを混ぜ込むんじゃない」

「隠し味のつもりがバレちゃったね」

てへ、と笑みつつ間宮が言うも気には留めない。

いちいち反応していたら話が進まないのだ。

「でも、隠し味か。コーヒーとかソースとか入れることがあるって聞くけど、実際変わるのかな」

「素人の舌にはあんまりわかんないんじゃない？　それよりはカレールーをちゃんとスパイスから調合した方が変わりそうだけど」

「確かに。そこまで凝る気はないけど」

「私は一回やってみたいかも。ただ、スパイスを揃（そろ）えても一回しか作らなかったら無駄になっちゃうから難しいよね」

スプーンを進めつつ頷（うなず）く。

一回分なんて小分けでスパイスが売られているはずもなく、そうなれば何度か作る必要がある。市販のルーで作るよりは時間がかかるだろう。俺の父親はそういう凝ったものが得意そうだけど、残念なことに忙しいため時間が取れない。

「あと、具材もいつものやつになりがちだからなあ。色々入れてみても面白そうだけど、チャレンジして失敗するのは怖いし」

「秋人くんの場合は家族のご飯もかかってるからね。私は具材も変えたりするけど。コーン、グリンピース、ホウレンソウとか、季節の野菜はよくやるよ。そもそもカレーって大体なんでも合うから大丈夫だと思うよ」

「それもそうか。今度試そう。今は冬だから……なんだ？」

「パッと思いつくのはキャベツ、白菜、大根、サツマイモとか？　これなら鍋にした方が良くない？」

間宮の言う通り、よく鍋に入っているような面々だな。

鍋もいいなあ……冬はあったかいのが恋しくなるし、楽だし、美味しいし。家族分の飯を作るなら手間が軽いという部分は外せない。

「でも、お鍋……一人分を作ってもなあって感じがするからなあ」

「間宮――優さんは一人暮らしだもんな。それだと鍋を作る機会は少ないか」

「そうなんだよね。それと、まだ優さんなんて呼ぶの？　もうよくない？　優ちゃんって感じではないけど、かといって優さんでもないじゃん。優って呼んでくれた方が私はしっくりくるんだけど」

じーっと無言の圧力が込められた視線が浴びせられる。

俺が間宮を優さんと呼んでいるのは異性を名前で呼ぶのに微妙な抵抗感があるから。友達だと言ってくれている相手にそれはどうなんだと自分にすら言いたくなるけど、俺の意思ではどうしようもない。

ただ、間宮がしっくりこないと感じているなら……俺が折れるべきなのだろう。普段間宮とやってることに比べれば、名前だけで呼ぶくらい大したことはないはず。

そう思いたい。

「…………………優」

「秋人……くん」

「どうして取ってつけたような『くん』？」

「……秋人くんが優って呼んでくれるなら私も名前だけにしてみようかな、なんて出来心だったんだけど――」

「慣れないことをして恥ずかしかったとか？」

「それもあるけど、秋人って感じじゃないなあって思って。秋人くんの方が柔らかい感じがして私は好きだからさ」

自分ではわからないけど、俺が間宮を優と呼べなかったのと同じか。ナツは俺を秋人って呼ぶし。同性だからかもしれないけど、それを言ったら多々良は秋くんだしなあ。

でも、確かに同い年の友達相手に『さん』付けはよくないのか？　それなら優と呼び捨てにするのが一番しっくりくる。『ちゃん』をつけるような可愛らしい相手ではないし。

「それより、優って呼べそうだね」

「……そうだな」

また一つ、間宮との間にあった薄い壁のようなものが取り除かれた気がして、気恥ずかしさのようなものを感じてしまった。

俺は間宮に恋愛感情としての好きを向けられていて、でも今の俺は応えられる状態ではなくて解答を預けている。女性不信という大きな問題の周りには、いくつもの小さな障害があって、きっと今回のこれもその一つなのだろう。

目に見えない一歩を進めたことは喜ばしいものの、着々とその時が迫ってきていることを感じて頭の片隅にそのことがちらつく。

そのとき、俺はどんな答えを出すのか。

どちらも傷つかない平和的な解答を間宮は求めてはいない。

誤魔化しも、嘘も不要。

頷くにしても断るにしても、俺の心からの想いを伝えなければならない。

「……優」

「どしたの？」

「ああ、用件があったわけじゃなく、間宮は優なんだよなあって思っただけ」

間宮には日頃から色々な無茶を強いられているが、本質的に優しいことは身をもって知っている。

名は体を表すではないけれど、その優しさは確実に俺の傷を癒している。

「なにそれ。変なものでも食べた？」

「優の自称愛情入りカレーを食べたな」

皮肉っぽく言ってやれば、間宮は不服そうに口先を尖らせるのだった。


昼食も食べ終わって洗い物を済ませれば、ナツと多々良が来る時間が近付いていた。

「優。わかってるとは思うけど——」

「ボロを出さないように、でしょ？　秋人くんこそ」

つん、と脇腹を突こうとした間宮の指を止めつつ頷く。

俺と間宮はあくまで友達で、恋人ではなくて、けれど見る人によってはそう思われてもおかしくないことをしている関係性。

間宮の裏アカは特に秘密にしなければならない。

「呼び方もな」

「……わかってますよ、藍坂くん」

声色を学校のもの――優等生としての間宮へと変えて言うも、あまり納得していないように感じられた。

誰かを特別扱いすれば要らない軋轢を生むことを間宮は過去の体験から知っている。友達と呼ぶには近すぎる距離感になってしまっている俺に対しても、苗字呼びをする必要がある。

少なくとも、誰かの目がある場所では。

「あ、そうだ。期末テストのことなんですけど……お互いに目標を決めませんか」

「目標？　なんで？」

「目指す場所が明確な方が勉強にも身が入りますから。もちろん、頑張った人にはささやかなご褒美があるべきだとは思いますけれど」

「さてはさっきのゲームで味を占めたな？」

「そんなことはありませんよ」

微笑みながら否定するも、その裏の意図は透けている。

ただまあ……ご褒美の有無に関しては一考の価値があるな。

ニンジンを目の前に吊るすような感じといえば聞こえは悪いけど、それで勉強に対するモチベーションが上がるのならあってもいい。

「そうやって俺にだけ話を持ち掛けて来たってことは、また何かやらせようとしてるのか」

「人聞きの悪い言い方はやめてください。あくまで『ささやかなご褒美』をお互いに求めるだけで」

「同じ意味では⁉」

「見方によってはそうかもしれませんね」

　素直に認めるんじゃないよ。

「ダメですか？」

「……『ささやかなご褒美』の内容次第だな。ダメなら飯でも奢ってやるからそれで我慢してくれ」

「それで構いません。まあ、『ささやかなご褒美』を請求する権利を保持しておくだけでも効果はありますし」

「精神戦のカードにするとかいい性格してるよなあほんと」

「ありがとうございます」

「わかっててとぼけているんだろうけど褒めてないからな」

　ジト目で制するも、返ってくるのは楚々とした微笑み。

　早くも優等生の仮面を被っているらしい。

　この間宮に何を言っても無駄だと諦めの意味も込めてため息をつく。

そこから、僅かに沈黙が部屋を満たして。

「もう二人が来ちゃうんだよね」

「やっと二人だけの時間も終わりだな」

「……その言い方、ちょっと嫌」

「冗談だって。一人でいるよりは楽しかったと思う」

「そこは言い切って欲しかったなあ」

苦笑していた間宮の身体がこちらに傾いてきて――膝の上に頭が乗っかった。

確かな重さと、温かさ。艶のある黒髪が少しだけ乱れていて。

「また、来てもいい？」

「……アカ姉も喜ぶだろうからな」

「素直じゃないね。私はこんなに真っすぐ伝えてるのにさ」

目を瞑り、身を委ねるような体勢のまま囁いた。

「食べてすぐ寝たら牛になるぞ」

「迷信だよ、迷信。これは午後の勉強会のために活力をチャージしてるの」

「……普通、立場が逆じゃないのか？」

「いいのいいの。秋人くんも私の髪とか触っていいから」

「いやそれは……」

口では断りつつも、視線は間宮の長い髪へと吸い寄せられる。

手入れを怠っていないと思われる間宮の髪は絹糸のように膝の上で形を変えていて、頬に触れていたときのことを思い出すに触り心地もいいのだろう。実際に触ってみたらどんな感じなのかと興味はあるけど、髪は女性の命なんて呼ばれている以上、安易に触ろうとは思えない。

「指で髪を軽く梳いて、猫を撫でるみたいに優しく触ってね」

そう言いながら腹の方へと頭を押し付けてくる。

どうにもその感覚がくすぐったい。というか、触っても大丈夫なのか。間宮の方から許可が出たのなら、自分にも言い訳が出来そうな気がした。

込み上げてきた気持ちに逆らうことなく、手を間宮の頭へと恐る恐る伸ばした。

指先が髪に触れる。指は抵抗感なく髪に沈んで、こそばゆさを感じながらも手を髪の流れに沿って動かしていく。一度も手が引っかかることなく髪の先まで手櫛が通って、

「……こんな感じでいいのか？」

「ん。そうそう」

緩んだ声の調子からして間違っていなかったのだろうと思いながら再度手櫛を通したり、言われたとおりに頭を撫でてみる。無言で、決して間宮に不快な感情を抱かせないようにと慎重に行ったそれは意外にも好評だったようで、間宮は心地よさげに両目を瞑っていた。

本当に猫みたいだな、とか一瞬考えてしまったけど、この状態なら仕方ないと思えるくらい

に珍しく間宮は静かだった。初めこそ緊張はしていたが、時間を重ねるにつれて穏やかな気持ちになっていたのを自覚し、つい苦笑が漏れてしまう。

異性に……もとい、間宮への精神的な壁が薄くなってきている。他の異性ならば絶対にやらないであろうことも、間宮なら「仕方ないか」なんて思いつつしてしまうような気がした。

その理由が、物的証拠からなる歪な信頼関係によるものなのか、はたまた常に揺らぐ間宮からの『好き』という感情のせいなのかまではわからない。

だとしても、これは進歩と呼んでいいのではないだろうか。

そんなとりとめのない思考を遮ったのは、唐突になった来客を告げるチャイムの音。

「どうやら終わりみたいだな」

「残念だけどそうみたいだね」

「ほら、膝から起きてくれ。二人を迎えに行ってくるから」

てっきり居座るだろうと思って肩をトントンと叩けば、間宮は予想に反してすっと膝の上から退いていく。ソファから立ち上がって玄関に向かえば、間宮も何故か後ろをついてくる。

玄関前まで来て、さて鍵を開けようかというところで――

「…………また、期待していいんだよね」

急に後ろから抱き着かれ、耳元で囁かれたことで完全に動きが止まってしまう。

背中に押し付けられるような胸の感触。うなじに当てられた間宮の頭。へその当たりで結ばれている間宮の手。まるで「私のもの」とでも所有を主張するかのような抱き着き方に、どう返事をしたものかと刹那の思考が挟まって。

その間も鳴り響くチャイムの音。

玄関の扉を一枚挟んだ向こう側にはナツと多々良がいる。

緊張と、背徳と、脳を溶かすような甘い感覚と、軽い眩暈が同時に襲ってくる。

カクテルされた感情のなかで、絞り出すように息を吐いて、

「…………二人だけのときなら、な」

辛うじてそう言えば「言質取ったからね」と顔が見えずとも嬉しそうに呟いて、間宮は背中から離れていく。

文句の一つくらい言ってやりたい気持ちはあったものの、なんとなく顔を合わせるのが気まずくて、そのまま玄関の鍵を開けた。

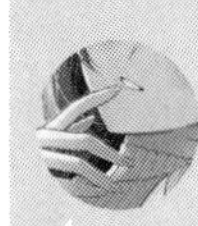

第6話　友達です

「お、やっとか。てか、秋人の顔赤くないか？　風邪？」

「知らん。風邪じゃないことは確かだけど」

「秋くんおはよーっ！　優ちゃんも来てたんだ！」

「はい。少し先に来てどうやって勉強会を進めるか藍坂くんとお話ししていました」

「へえ……随分と仲のいいことで」

「そういうのじゃない」

ニヤニヤと疑ってくるナツの声を一蹴して、二人を家へと招き入れるのだった。

「流石に四人もいると部屋が狭く感じるな。リビングの方が良かったか？」

「俺はどっちでもいいぜ」

「光莉も秋くん次第って感じかな」

「私もどこでも大丈夫ですよ」

「……じゃあ、リビングに移すか。俺が落ち着かないし」

そんな一幕があって、結局勉強会はリビングで行われることとなった。

俺の部屋にはゲームやらマンガやらと集中力を乱しかねない物が置いてあるから、こっちの方が勉強会をするならいいのかもしれないという考えもなくもない。

席順としては俺の隣にナツ、対面に間宮(まみや)、間宮の隣に多々良(たたら)という場所になった。これは単に教える側である俺と間宮、教わる側のナツと多々良が分かれたほうがいいというだけ。同性同士で隣り合っているのは俺の女性不信を知る間宮とナツが気を利(き)かせてくれたからだろう。

「で、どこからやる？　ナツは数学と英語だったよな」

「そうなんだよ。最近のとことかサッパリわからん」

「出来る部分と出来ない部分を一つ一つ見ていくか」

「本日はよろしくお願いします、秋人先生」

「先生はやめろ」

肘(ひじ)でふざけたことを抜かすナツを小突けば、全く反省していないような「すまん」が聞こえて幸先が思いやられた。

「光莉さんは……全教科でしたよね」

「うん。基礎はともかく、応用問題が全然ダメで……」

「わかりました。基礎が出来ているのなら問題の解(と)き方を理解するだけでしょうから、自信を無くさなくて大丈夫ですよ」

どうやらあっちの二人もやることが決まっているようで一安心。まあ、あの間宮が教えるのだから心配はいらないだろうけど。

「それじゃあ、始めるか」

　そんなこんなで、週末の勉強会がようやく始まった。

　ペンが文字を書く音と問題の解き方に関する話だけが飛び交うリビング。実際に教える前はちゃんとできるか不安だったが、ナツの進捗を見るにそこまで悪いものではなかったらしい。

「えーっと、そこはこの公式を当てはめて――」

「これを？　ああ、こうなってるのか。……ほんとにできたな」

「そりゃそうだろ、公式なんだから。次行くぞ」

　教科書と問題を照らし合わせながら教えれば、ナツも少しずつではあるが理解をしているようで、二、三度同じところを教えれば自分で解けるようになっていた。

　英語は教えてすぐにできるとはなりにくい教科だから、まずは単語を覚えるところから始めたほうがいいだろう。最悪、単語さえわかれば長文もそれなりには読める。

　これが大学受験とかだったら尻を叩いてでもやらせていたけれど、間近に迫った期末テストの対策ならこれくらいが関の山。問題の傾向を予想して山を張らせるくらいが限度だ。

「――ここに出ている単語は古文でも頻出ですので、覚えておいた方がいいです。それだけで得点になることもありますから」

「わかった！　他にはそういうのある？」

「でしたら、頻出単語を表にしましょうか。意味と、出てくる作品名も合わせて覚えましょう」

間宮と多々良の方は古文をやっているらしい。俺も結構苦手なんだよな。活用とか、そもそも単語の意味を覚えてないと解けないし。

だが、そう思いながら間宮の方を見ていたことに気づいたのか、

「もしかして藍坂くんも古文、苦手でしたか？」

薄っすらと微笑みを浮かべつつ聞いてくる。

「まあ、他に比べると苦手だな」

「だったら秋人も教わってこいって。元々教えてくれって頼んだのは俺とひぃちゃんだけど、秋人だって勉強したいだろうし」

「そうそう！　光莉たちも自分で頑張らないと。頼ってばっかりじゃあないんだよ！」

「……と、お二人は言っていますが、どうしますか？」

「……じゃあ、教えてもらっていいか」

「わかりました。でしたら宍倉さん、少しの間だけ席を変わっていただいてもいいですか？」

「そうだな。隣の方が教えやすいだろうし」

ナツが解きかけの問題集やら教科書やらをかき集めて席を立ち、隣に入れ替わるようにして間宮が座った。学校と同じく、隣に間宮がいるのが自然に感じる。

……俺も毒されてきたかな、なんて考えながらも古文の教科書と問題集を引っ張り出してきて、理解できていなかったページを開く。

「早速だけど、ここが微妙にわからなくて」

「ああ……現代語訳ですね。おそらく単語の意味が曖昧（あいまい）な部分があるのではないですか？今も使われている言葉とよく似ていても、意味は全く違う単語もありますから、そこが原因でしょう」

「……なるほどな。暗記が足りてないわけだ」

「これればかりは覚えるしかありませんね。現代語訳の他の部分に関しては問題ないと思うので、本当に細かいところだと思いますよ」

間宮はパッと見ただけで俺の課題を指摘して、やるべきことを明確にしてくれる。

これが学年一桁（けた）の力か……素の間宮を知ってしまっているだけに、そのギャップに何かを感じないでもないけれど、教えてもらっているのだから感謝しかない。

でも、やっぱり暗記か。逆に暗記するだけで得点が伸びる可能性があるのだから楽と言えば楽だけど、苦手科目は気が重い。俺が強いと思っているのは主に理系科目と現代文。苦手なのは古文漢文、それから世界史。人名地名を覚えられないんだよな……。

使ってる頭の部分が違うんだろうなと思考を放棄しつつ、間宮と二人で間違いやすい単語や活用を一つ一つ洗い出していく。自分が覚えていると思っていたものが多く含まれていて、現実を突きつけられながらも期末テストまでにはどうにかしようと心に決めた。

間宮の手を借りたのだから、できるようになっておかないと申し訳も立たないし。俺が間宮に教えてもらっている間、ナツと多々良は悩みながらも地力で問題を解いているようだった。

この調子なら前よりもいい点数を取れるだろうな、と希望的観測を抱いていると、不意に間宮がノートの端っこに文字を書いていく。

なんだろうと訝しみつつ見てみれば『頑張る秋人くんもかっこいいね』と僅かに丸みを帯びた文字が書かれていた。反射的に間宮と目を合わせると微笑みを返されて、俺はナツと多々良の邪魔をしないように内心で呻くに留めてその文字を消すのだった。


「そろそろ三時だし休憩するか？」

時間を見つつ俺が声をかけると、他の三人もテキストから目を離した。

「はあ……もうそんな時間か？」

「集中してたからか気づかなかったよ～」

「皆さんお疲れ様です。よく頑張りましたね」

疲労感を滲ませるナツと多々良とは対照的に間宮は至って平然としていて、薄っすらと微笑みすら浮かべていた。普段から勉強をしている人は違うなあ、なんて考えながら席を立つ。

「秋人？」

「三時だからな。息抜きも必要だろ？」

言って向かう先はキッチン。

冷蔵庫から麦茶のボトルとアカ姉に勉強会をするからと話したら買ってきてくれたイチゴ大福をもってリビングに帰る。

「まあ、こういうことだ。食べるか？」

「さっすが秋人だな。飴と鞭の使い方をわかってらっしゃる」

「イチゴ大福！　それ駅前の美味しいとこのやつじゃない？」

「多々良は知ってるのか。礼は姉に言ってくれ」

「そういうことでしたら私もいただきます」

全員の前にイチゴ大福を配ってコップに麦茶を注ぎ直し、三時のおやつ休憩を挟むこととなった。

「んで、二人はどんな感じだ？」

「間宮と秋人のお陰でなんとかって感じだな。今回の期末は点数上がりそうだ」

「上がらないと教えてくれてる二人に悪いからね」

「そうだぞ。俺はともかく、協力してくれてる間宮のためにもいい点とってくれ」

「お二人なら大丈夫ですよ。見ていた限り覚えも良かったですし、要点さえ押さえればじゅうぶんに点数を取れるかと」

　二人を励ましてから、慎ましくイチゴ大福を一口。緩んだ頬が間宮の口にも合ったことを教えてくれたが「美味しいですね」と言葉でも表してくれる。ナツと多々良は間宮の言葉に気を良くしたのか笑みを見せつつ、それぞれイチゴ大福に口をつけた。

　俺も食べてみれば、甘さ控えめのこしあんとイチゴの甘味と僅かな酸味が混ざり合った絶妙な美味しさで、勉強の疲れを癒してくれるようだった。甘い余韻をじゅうぶんに楽しんでから麦茶で喉を潤し、また一口。この調子だとすぐになくなってしまいそうだな。

「いや～美味かったな、このイチゴ大福。駅前だっけか。今度俺も買いに行ってみようかな」

「光莉も行きたいかも」

「甘さが控えめでとても食べやすいですね」

「これはアカ姉に感謝だな」

　ものの数口で食べ終えてしまったナツを初めとして、間宮と多々良にも好評のようで、和やかな雰囲気に変わりつつあった。

「それにしても、ほんと秋人と間宮に教えてもらえることになって助かった。ありがとう。正直、今回の期末は覚悟してたからな……」

「そうだね。あんまり酷いと冬休みに補修だし」

「……そんなにヤバかったのか？」

「およそ五分五分ってとこだな」

それは絶対に良い方向に甘く見積もっているやつだろ。こういうときのナツを信用してはいけない。最終的には「いい点とれるかどうかなんて確率的には半分だろ⁉」とか頭の悪いことを言い出すんだ、俺は知ってる。とはいえ、今日の様子を見ている限り本気でどうにかしようとしているのは伝わってきているので、可能な範囲で力になりたいとは思う。

「……間宮も悪いな、こんなことに付き合わせて」

「いえ、気にしないでください。私はとても楽しいですよ。前も言ったように誰かに教えることで自分の課題も見えてきますし、定着する部分もありますから」

「それならいいんだけど……って、教わってる立場の俺が言うことじゃないか」

なんだかんだで俺も間宮に教えてもらっている。ここに集まっている四人の中ではトップとなるのが間宮だから自然な流れではあるけれど、負担を強いていないか心配だった。

「そいえば、秋人と間宮って結局どんな関係なんだ？　前に聞いたときは色々あって知り合いだ――みたいなこと言ってた気がするけど」

ふと、思い出したかのようにナツが聞いてくる。

「うっ、あ、えーっと、この二人は友達！　友達なんだよ！」

慌てた様子で多々良が答えた。あまりの動揺っぷりに、こっちの方が驚いてしまう。

多々良は俺と間宮が放課後に普通の写真を撮っていたのを目撃している。その時は友達だと誤魔化したので、多々良もそれを信じようとして友達だと言い張っているのだろう。

正直、あまりに露骨過ぎてナツは怪しんでいる気がする。

「多々良の言う通り、ただの友達だな。席が隣でちょっと話すことがあったってだけ」

「そうですよ。藍坂くんは友達です」

ちらりとこちらを見てくる間宮。

表情こそ普通だが、瞳の奥には友達に向けない感情が宿っている。

顔色を変えないように意識して、

「これで満足か？」

「うーん……なーんか違う気がするんだよな。ひぃちゃんの様子も変な感じがするし」

「えっ⁉　光莉、そんなに変だったっ⁉」

慌てたように返事をする光莉。明らかに動揺が表に出ていて、ナツも不思議そうに首を傾げている。だが、その理由を知っている俺は内心で焦っていた。

頼むからナツに疑いの目を向けさせないでくれ——と願っていると、

「もしも私と藍坂くんがいい関係だと思っているのなら、それは違いますよ。何より藍坂くんの迷惑ですから、疑うのもなしにしていただけると助かります」

横から間宮の援軍があった。助かったと思ったのも束の間、俺へ注がれる視線に不満さのようなものが含まれていることに気づく。

俺の迷惑ってとこで自滅するのもやめてくれ。

でも……そうやって凹(へこ)んでくれることが俺を好きな裏返しで。

「……俺なんかと付き合ってるなんて思われたら間宮の方が大変だから、二人とも教室でこの話題を出さないでくれよ」

「わかってるよ。好き好んで友達を売るような真似(まね)はしないって」

「うん！　優ちゃんは人気だからね。もし秋くんと付き合ってるなんて噂(うわさ)が流れたら暴動が起きかねないよ。あ、これは決して秋くんを悪く言ってるわけじゃなくて――」

「あーうん、わかってる」

おろおろと俺を褒め称えるような言葉を並べ始める多々良。

俺が気にしていたのは暴動が起きかねないという部分。女子の目線からしてもそう見えるんだな……本当に秘密がバレないように気を付けないと。

後ろから刺されかねない学校生活とか本当に嫌だ。

「……もうじゅうぶん休んだだろ。第二部始めるか」

全員のイチゴ大福がなくなったのを見計らってそう言えば、ナツと多々良は少しだけげんなりとした雰囲気を漂わせつつも頷(うなず)いた。

休憩後も続いた勉強会が終わったのは、五時を知らせる音楽が外に流れ始めた頃(ころ)。

「よし、と。これくらいで終わっとくか」

「はああ疲れた……」

「そうだね。でも、その分わかった気がする！」

「それはいいことですが、満足してはいけませんよ。本番まで油断は禁物です」

「勝って兜の緒を締めよじゃないけど、気は抜かないことだな」

解放感から身体を伸ばしていたナツと多々良に言えば「わかってるよ」と軽い調子の返事があった。本当にわかっているのだろうか。

大丈夫だと信じたいけど、それはこれからの二人次第。期末テストまでは一週間程度あるから、今日の勉強会で満足していては点数が伸びない。

何事も継続が肝心だ。

「てか、なんで五時までだったんだ？」

「もう冬で暗くなるのが早いからだよ。多々良のこと、ちゃんと送って行けよ」

「言われなくてもそのつもりだよ。秋人こそ、間宮のこと送ってやれよ？　この時間じゃあ変なのがいないとも限らないし」

「……そうだな。間宮が良ければ、だけど」

「そういうことでしたらお願いしてもいいでしょうか」

楚々とした微笑み。こんな間宮に頼まれごとをされたら、断れる男子はいないのではないだろうか。承諾の意味として頷いて見せれば、「そんじゃあ今日はお開きだな」とナツは勉強道具を仕舞い始める。それに続いて間宮と多々良も帰宅の用意を始めた。

「にしても、結構な量やったな」

「これでもまだ足りないんだから参っちゃうよね」

「ま、今日ので色々わかったから、なるべくこっちでも頑張ってみるさ」

「わからないところがあったらいつでも聞いてくださいね。私でも、もちろん藍坂くんも力になりますから」

「……ここまでして途中で放り出すような真似はしないから、必要なら言ってくれ」

間宮に乗せられる形で二人に伝えておく。とてもじゃないけど、友達が補修を受けるような憂き目は避けたい。二人には世話になっているからな。これくらいは何でもない。

そんな話をしている間に帰宅の準備が済んだので、二人を見送るために外へ出る。

冬の冷たく乾いた空気。陽が傾きつつある空の色は夜にほど近い深みのあるものに変わっていた。家の鍵を閉めて、まずは四人でエントランスまで降りる。

「それじゃあ気を付けて帰れよ」

「おう。そっちもな」

「秋くん、優ちゃん。また学校でね！」

「はい。お気をつけて」

エントランスを出て二人を見送り、後ろ姿が見えなくなったところで俺は一つため息をついた。そんな俺の肩を間宮が軽く叩く。

「お疲れ様、秋人くん」

「……優もな。俺も教えてもらったし」

「いいのいいの。たまにはこういうのも楽しいから。あのさ、よかったらお買い物付き合ってくれない？」

「いいけど、荷物は？」

「置いてくるから待ってて」

そう言ってマンションに帰っていく間宮。

数分ほどして戻ってきた間宮と一緒に、買い物に向かう。

「それにしても寒いね」

「十二月だからな」

「そういうことじゃないんだけど」

じーっと横から寄せられる視線に耐えられずため息交じりに手を差し出せば、間宮は飛びつくようにその手を握ってくる。ひんやりと冷たく、けれど冬の空気よりも温かい人肌のぬくもり。精神的な充足感と、それに伴う気恥ずかしさ。

「わかってるなら初めから繋(つな)いでくれたらいいのに」

「優こそ素直に言えばいいのに」

「……はあ。やめよっか、これ不毛だし」

「だな」

お互いに意地を張っていても仕方ない。

本意は伝わっているし、行動として示されている。

「今日、本当に楽しかったよ。午前中のことも、午後の勉強会も」

「………………そうか」

「秋人くん、微妙な顔してるね。どうしてかな。何を思い出したのかな」

「わかりきってるくせに聞くのはやめろ」

今日の記憶として最も鮮烈なのは、間宮と過ごした午前中。

甘く刺激的で、誰にも言えない秘密の背徳までもが混ざった時間。

それは本来、恋人同士がするようなことだったのかもしれない。けれど俺と間宮はただの友達で、さらに言えば俺が間宮の『好き』に対しての返事を後回しにしていて。

胸を針で刺すようなチクリとした痛みを感じていることも事実だった。

「秋人くんには待ってるって言ったけど……そこまで我慢強い方じゃないと思うから、なるべく早めに良い答えを聞かせてくれると嬉しいかな」

「……善処はするよ。それもこれも女性不信の改善次第だけどな」

「難しいよね。でもさ、女性不信って具体的にどうやったら改善するのかな。私としては日常的に女の子と――こんなに可愛い女の子と接していたら、多少なり免疫はつきそうなものだけど」

「間接的に自分を可愛いって言ったな」

「だって事実としてそうだし。違うの？」

違わないけど……素直に認めるのは癪なので咳払いで誤魔化して、真面目に女性不信の改善方法を考えてみる。

多々良と話すようになって多少改善したことから、どうやっても経験を積むことが大切だと思う。その相手が間宮であっても変わらないはずだから、そういう意味で言えば時間の問題とも考えられた。

でも――それはいつになるのかわからない。

見通しすら不透明な推測にいつまでも間宮を付き合わせたくないし、それが本当に合っているかもわからない。ナツに相談したら「いっそ付き合っちまえよ」とか勧められそうな気がするけど、無責任なように思えるし、果たしてそれは真摯な答えと言えるだろうか。

「……時間はかかるかも知れないけど、ちゃんと答えは出すから」

「うん。信じてるよ」

「彼氏がいるのに、あたしの好きな人を誑かしていたの……？　ほんと、信じられない。生意気なのよ後輩のくせに」

陰から二人の姿を追っていた女子生徒が、怒りと嫌悪を滲ませた声で呟く。

心中の熱を発散するような独り言と、ねばつくような視線。視線の先にあったのは後輩にあたる、冴えない男子と並んで歩く髪の長い女子生徒——間宮だった。

「……ムカつく。人の好きな人を横から取っておいて、本人は興味なしってどういうことよ。それじゃまるで、あたしが負けたみたいじゃない……ッ！」

ぎゅっと強く拳が握られる。手のひらに爪が食い込み、圧迫感のある痛みを感じた。

彼女は認められなかった。

意中の相手が、ぽっと出の後輩に心を奪われていたなんて。

「間宮優……絶対に許さない。めちゃくちゃにしてやる」

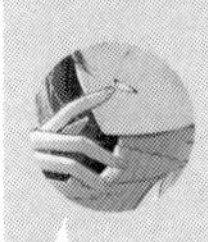

第7話　甘すぎるな、これ

「――解答やめ。答案用紙を回収するぞ」

試験官の先生がチャイムと共に言って、期末テスト最後の教科である世界史の答案用紙が回収された。全員分の答案用紙があることを確認してから、先生は「それじゃあ期末テストは終わりだ。気を付けて帰るように」と言い残して教室を去っていく。

教室に満ちていた空気が弛緩し、俺も促されるようにため込んでいた息を吐き出す。

手ごたえは全体を通してじゅうぶんにあった。自分にできることは全部やりきったし、名前の書き忘れや解答欄のズレもないか毎回チェックした。人事を尽くして天命を待つではないけれど、もう結果は変えられない。

成るようにしかならないのだ。

「藍坂くん、手ごたえはどうでしたか？」

「いつもより良かったと思う。そういう間宮は……心配いらないか。表情を見ればなんとなくわかる」

「そうですか？　確かに私も調子は良かったですが、実際に返ってくるまではわかりませんから。もちろん全力で取り組んだ自信はありますけれどね」

理由は……聞くまでもないだろう。

期末テストで目標を達成出来たら相手に『ささやかなご褒美』をお願いできることになっている。

間宮がそれを何に使うのかわからないが……この様子を見るに、間宮がその権利を獲得するのは目に見えていた。

俺が立てた目標は学年順位で二十位以内に入ること。間宮は俺よりも厳しい五位以上。難しいけれど、相応の目標でなければ立てる意味がない。

「秋人～！　やっと終わったな!!」

話をしていたところにやってきたのは解放感からかとびきりの笑顔を見せるナツ。

ただ……なぜかやつれているような感じがした。

「冬休みの補修は回避できそうか？」

「それに関しては多分、恐らく、余程のことがなければ大丈夫……だと信じたい。前よりは解けてる雰囲気あったし。二人が教えてくれた各教科のヤマが助かった。ありがとな」

「力になれたのでしたらよかったです」

「そうだな。教えた甲斐があった。あとは点数がついてくれれば言うことないな」

皮肉っぽく言ってやれば、ナツは苦笑しつつも頷くが、

「でも終わったばかりで気にしてもしょうがないだろ？　それよりさ、よかったらこの後打ち上げ行かないか？」

「メンバーは」

「俺、ひぃちゃん、秋人と間宮。他に誘いたいやつがいたら誘うけど、秋人も間宮も人数多いの苦手だろ？」

　ニヤリとしての問いかけに一瞬黙り込んでしまう。

　俺は間宮とナツ、多々良の他に関わりのある人がいないため、必然的に友達と呼べる相手もいない。

　でも、間宮が人数多いのが苦手？　学校での様子では、そんな風には全く見えないけど。

「その四人なら行くかな。間宮はどうする？」

「でしたら私も参加させてもらいましょうか。それにしても、宍倉さんはどうして私が大人数を苦手だと思ったのですか？」

「なんつーか、学校と勉強会のときに見た間宮の雰囲気が微妙に違かったからだな。勉強会のときの方が自然な感じがした」

「……そうですか。確かに、あまり大人数は得意ではありませんね」

　間宮は本当に少しだけ驚いたような素振りを見せつつ認めた。

　……やっぱりナツは人を見てるな。俺が鈍感なだけなのか、ナツが鋭いだけなのか……後者であることを願いたい。そんなこんなで帰宅の準備をして、多々良と合流した俺たちは期末テスト打ち上げ会のためにカラオケへと向かった。

「ふぅ……久々に来たな」

俺たち四人が通されたのは、テーブルをコの字で囲むように座椅子が設置された部屋。大画面では楽曲のPRが流れていた。マイクは人数分、曲を予約する端末が二つ置いてある。

席順は自然と、奥からナツ、光莉、間宮、それから俺という並びになった。上着を脱いで身軽になってから、ドリンクバーで取ってきた思い思いの飲み物で喉を潤した。

「秋くんと優ちゃんはカラオケとか来るの？」

「時々かな。姉に誘われたりして」

「驚かれるかもしれませんが、私は初めて来ましたね」

「じゃあ、今日は楽しんでもらわないとな。因みに音楽の成績は？」

「一応、これまでの通算で5ですね」

「優ちゃんは歌もうまいんだね！」

光莉の称賛に対して「そんなことありませんよ」と控えめな返答をする。

俺も授業で間宮の歌を聞いたことがあるが、普通に上手かった。そもそも普段の声からして耳障りがいいので、初めてだとしても心配は不要だろう。

ナツとは一緒に来たことがあるが、誘ってくるだけあって上手い。流行りの曲は抑えているし、歌い方も堂に入ったものだ。点数で言ったら90ちょっと。軽く敗北感を覚えたのは言うまでもない。

光莉も恐らくは上手い。間宮とはベクトルが違うが声質は良いし、ノリノリでカラオケに来ている時点で自分のことを下手だとは思っていないだろう。

「どうしましたか、藍坂くん。緊張しているんですか？」

「……そこまで上手くはないからな」

「そうか？　前一緒に来たときは普通に歌えてたじゃん。このメンバーなら緊張することもないだろ」

「世の中の人間はみんなナツほど単純じゃないとだけ言っておくぞ」

「ひっど」

俺の返しに傷ついたかのように下手くそな泣き真似をするも、誰も構う様子はない。恋人である光莉ですら完全に無視を決め込んで、

「そうだ！　とりあえず乾杯しようよ！」

「そうしましょうか」

光莉の提案に頷いて、各々がコップを持ってテーブルの上で待機する。

「ほら、秋人。頼んだ」

「……なんで俺？」

「今回の勉強会は秋人がいないと成り立たなかったからな。流石に俺と光莉だけじゃ間宮は誘えん。学校で軽く教えてもらうくらいはできただろうけどさ」

「そうかもしれませんね。私が藍坂くんと仲良くなっていなければ、お二人に誘われても休日の勉強会はお断りしていたでしょうから」

「……わかった。このままやってても埒が明かないからな。――こほん。それじゃあ、期末テストお疲れ様。乾杯！」

「「「乾杯！」」」

声と一緒にコップが軽くぶつかる硬質な音が響く。既に飲んではいたけれど、こういうのは雰囲気が大事なのだ。

「それじゃあ早速歌おうかなーっと」

光莉が手元に持ってきた端末を操作して、一曲目の予約がされた。すぐに画面が切り替わり、立ち上がった光莉はマイクを片手に「よしっ」と張り切ったように声を漏らす。

「ま、あんまり順番とかは考えなくていいだろ。光莉は一人で曲入れ過ぎるなよ？」

「わかってるって。二人の時ならまだしも、今日は秋くんと優ちゃんもいるんだし。そういうわけだから、どんどん二人も曲を入れてね？」

俺と間宮の間に光莉がもう一つの端末を置いて言う。間宮と顔を見合わせれば、「私たちも何か歌いましょうか」とおもむろに端末を操作し始める。

その間にも、光莉の曲のイントロが始まっていた。流行りに疎い俺でも聞いたことがあるような有名曲。身体の内側にまで響いてくる音の圧。カラオケならではの大音量が部屋を満たす。

すぅっと、光莉が息を継ぐ。イントロが終わり、リズムに乗って歌い始めた。

身体を左右に揺らしながらのびのびと歌う様は、ある種の慣れを感じさせる。元からはつらつとした声をしている光莉の歌声は、明るく元気になれるような雰囲気があった。しかも滅多に音もリズムも外さず、上手い。思考が声に出ていたのか、歌っている途中の光莉が俺を見て楽しそうに笑っていた。

光莉は画面に表示される歌詞をなぞりながら歌い続け、遂に盛り上がりが最高潮となるサビを目前にして音が止まる、その一瞬。

再びマイクに入る息継ぎの音。

タイミングを逃すことなく、さっきよりも声の圧を強めて歌い出す。緩急までもつけた魅せるための歌い方。俺を含めた三人も光莉の歌に合わせて手拍子をして、楽しげなまま光莉は一曲目を歌いきった。

「凄く上手いですね、光莉さん」

「そう？　照れちゃうね」

「いやでもほんとに上手かったな。引き込まれるっていうか、パワーがある」

「そうだろ。因みに言っておくと、ひぃちゃんのハイスコアは95オーバーだ」

「……どうやったらそんな点数出るんだ？」

カラオケで90越えってそう簡単に出るものじゃないよな？　少なくとも俺は出せない。アカ姉は日に何回かは出していた気がするけど、それでもギリギリだった。

95越えなんて、それこそ音程を完璧にして加点を積み重ねたらようやくってレベルじゃないのか。いやまあ、今の歌を聞いたら高得点をとっても不思議じゃないとは思ったけど。

「うーんと、まずは音程とリズムをちゃんと合わせる。ビブラートとかも大事だけど、システム的には抑揚のつけ方とかも関係してるらしいよ？　一応サビとそうじゃないところで多少意識はしてるけど、雰囲気かな？」

「……これが天才ってやつなのか？」

「ひぃちゃんは昔からこういうの得意だからな」

「光莉さんは簡単そうに言っていますが、簡単なことではありませんよね？」

「そうなのかなあ。誰でも回数を積んだらそれなりにはなると思うけど？」

それは結構な頻度でアカ姉に連れまわされていても90点を超えたことがない俺に対する当てつけだろうか。絶対違うだろうけどさ。輝かしい才能を前にして、ちょっと卑屈になってるのかもしれない。

「カラオケの点数が少しでもテストの点になってくれれば苦労しなかったんだけどなあ……」

「……それは光莉もちょっと思ってるけど、今回はちゃんと頑張ったじゃん！」

「俺も頑張ったからな！」

「知ってるよ。言ってみただけだ」

二人の点数を聞けば疑う余地もない。俺と間宮で教えはしたものの、それを自分の力として昇華したのは二人の努力だ。あとはそれが継続出来たらいいんだけど……今はいいか。テストが終わったばかりで次のテストの話なんて聞きたくないだろうし、俺もしたくない。

「あ、採点のやつ入れるの忘れてた！」

「乾杯で頭から抜けたな」

「次に予約したのは間宮だよな。このまま始めるか？」

「どうせなら先に採点を入れましょうか。その方が楽しそうですし。ただ、操作がちょっとわかりませんね」

「そんじゃ俺が入れとくわ。……これでよし、と。次の曲も入れ直しといたから」

「宍倉さん、ありがとうございます。それにしても、なんだか緊張しますね」

おもむろにマイクを握りながら、間宮は微笑（ほほえ）みながら小さく呟（つぶや）いた。だが、言葉ほど緊張している風には見えない。立場上、目立つことは慣れているのだろう。

画面が切り替わり、間宮が予約した曲が流れだす。そのイントロには聞き覚えがあった。少し前に流行っていた曲で、珍しく俺も歌えるくらい覚えている。

落ち着いた曲調のそれには手拍子が合わないと判断した俺たちは静かに間宮を見守る。やがてイントロの終わりを迎え、余裕を持って息を継ぎ、

「～～～～♪」

透き通るような歌声でリズムに乗り遅れることなく続いた。

無駄に力の入っていない自然な声。のびやかな歌声は音程とリズムを外すことがない。これが初めてのカラオケだというのだから驚きだ。やはり素のスペックが違うらしい。

直前に「緊張しますね」と言っていたのは何だったのだろうか。嘘ではないだろうけど、とても緊張していて出せる声とは思えなかった。

どうやら驚いているのは俺だけでなく、ナツと光莉も同じようだ。だが、二人も間宮のハイスペックぶりを知っているからか、意外とは思っていなさそうな顔をしている。あくまで予想を上回っていたことへの驚きだろう。

サビに入って、間宮も光莉が言っていたように前後で声の強弱をつけながら歌い始めた。意識しているわけではないだろうけど、画面では加点になるビブラートが何度も出ている。

その調子のまま二番、間奏、ラスサビと歌いきった間宮は「……こんな感じでいいんですかね？」と小首を傾げながら呟いていた。当然、文句なんて何一つなく、拍手が巻き起こった。

「予想はしてたけど、やっぱり上手いな」

「優ちゃんの声は綺麗だね！」

「流石は優等生ってことか。初めてでこれか」

「みなさん、ありがとうございます。初めてでしたが楽しいですね。光莉さんには届きそうにありませんが」

「そうかなあ……優ちゃんが慣れたら並ばれそうだけど。点数はどうかな」

多々良の言葉があってすぐに画面が得点表示へと切り替わる。間宮の初カラオケの結果は……91点だった。本人は高いのか低いのか理解していないのか、きょとんとしている。

「初めてで91か……なんつーか、すげえ」

「優ちゃん、今から歌手目指そ！」

「それは……どうなんだ？　確かに上手かったけどさ」

「歌手は流石に厳しいと思いますが、ありがとうございます。でも、光莉さんの方が上手かったのではないですか？」

「そりゃあ、年季があるからね！　まだまだ優ちゃんには負けないよ……！」

「初カラオケの間宮に対抗心を燃やすな」

こつん、とナツが多々良の頭を小突く。多々良は全く痛そうにしておらず、あははと楽しそうに笑っていた。

「それじゃあ、次は宍倉さんか藍坂くんですね」

「じゃんけんで決めるか？」

「まあ、それでいいか」

別に一人一曲で最後ってわけではないけどな。多分、多々良があんまり気にせず曲を入れると思っているんだろう。俺もその光景が予測できる。

ナツとテーブルを挟んでじゃんけんをすれば、勝ったのは俺だった。ナツが「頑張れよ〜」と手渡されたマイクを受け取った。端末から入れた曲は間宮と同じく、ちょっと前のＪ—ＰＯＰ。

「あんまり上手くはないから期待しないでくれよ」

「だいじょぶだっていけるいける。音外しても笑い話にしかならないから安心しろって」

「そうそう。大事なのは楽しく歌うことだよ！」

「自信を持ってください。宍倉さんの言う通り、笑う人はいても馬鹿（ばか）にする人はいませんから」

「……まあ、気楽にやるよ」

三人からの励ましを受け、改めてマイクを握り直す。

音程の上下も少なく、落ち着いている曲調でも俺には難しく感じる。イントロの間に息を落ち着け、画面に表示される歌詞を目で追いながら、つま先でリズムを取って——遅れることなく歌い出すことに成功した。

　音程を保ち、サビを乗り越え、なんとか歌いきると息を切らしてしまっていた。程よい疲労感と達成感が湧き上がると同時に、三人から拍手が起こった。

「……なんか恥ずかしいな、こういうの。そんなに上手くはなかっただろ」

「そうか？　下手ではなかったのは確かだけど」

「音もリズムも取れてるし、秋くんの自己評価が低いだけじゃない？」

「私も光莉さんと同意見ですね。上手かったと思いますよ」

「……そう、か」

「おっ、秋人が照れてる」

「うるさい」

　場所が離れているためにナツへは言葉の牽制だけをして、座ってジュースで乾いた喉を潤す。

　遅れて画面に表示された結果は88点。やっぱり90には届かないらしい。

　それでも過去の点数からすれば頑張った方だろうと直前の間宮の結果からは目を逸らす。

「さて、と。そんじゃ、真打登場といきますかね――！」

　やけに気合が入ったナツがマイクを片手に立ちあがる。ナツが入れていた曲は俺とは打って変わってノリのいい洋楽だった。

「ナツ、英語の歌詞いけるのか？」

「歌えなきゃ入れないっての」

それもそうかと思い直すが、ナツの英語の成績はお世辞にもいいとは言えない。自信満々な姿からして嘘ではないんだろうけどさ。

内心楽しみにしていると、遂にナツが歌い出す。早い曲調の英歌詞をナツは難なく歌ってい た。躓(つまず)く様子もない。そういえば英語のリスニングに関しては前から点数が良かったなと思い出し、これが理由だったのかと納得する。

元から知っていた多々良は俺と間宮が驚いているのを見て「凄いでしょ?」と自慢げに笑っている。多芸だとは思っていたけど、ここまでとは知らなかった。

ナツは慣れた様子で最後まで歌いきる。点数もなんと90ちょっとと高得点だったが、「間宮に負けたー!」と悔しそうにしながらも笑っていた。俺以外が全員90点以上で、なんとなく疎外感のようなものを覚えてしまう。

「点数で価値が決まるわけではありませんからね」

「……だから心を読むんじゃない」

「藍坂くんはわかりやすいので」

微笑みながら、そう間宮は言う。目を合わせるのが気まずく感じて、そっと逸らす。

……そんなにわかりやすいだろうか。間宮が鋭いだけな気がする。そうしておいた方が色々と平和そうだし。

そこで思考を打ち切り、「一通り歌ったし、後は適当に曲入れようぜ」というナツの声で、多々良が「優ちゃん一緒に歌おうよ！」と誘っていた。間宮も受け入れ、二人で歌える曲を入れたかと思えば、即興でデュエットが始まる。

元から上手い二人だけあって、違和感なく声を重ねていた。慣れないながらも多々良につられて楽しそうに歌う間宮の姿は、学校ではなかなか見ることのできない表情をしていた。

普段は優等生として振る舞っていて、笑顔を見せることも当然あるけど、そこにはどこか自分を隠しているような違和感がある。これは間宮の素を知っている俺だから気づけるのかもしれないけど、その差が少しだけ悲しく感じてしまうのだ。

「ちょっと席外す」

俺は一言断りを入れて部屋を出て、その足でトイレに向かい用を足した。久々のカラオケは楽しいけど疲れる。テスト終わりということもあって少しだけ溜まっていた疲労感をため息に乗せて吐き出し、部屋に戻ろうとすると――ドリンクバーのところに間宮の姿を見かけた。

空になったコップを持っていることから、二杯目を注ぎに来たのだろう。そういえば、俺もコップを空けていた気がする。そう思い、先に部屋から空になっていたコップを取ってきて、ドリンクバーのところへと戻った。

「どれにするんだ？」

「あ、藍坂くん。もしかして迷ってたの見てた？」

「まあ。本当に迷ってたとは思わなかったけど」

「ドリンクバーって色々あるから目移りしちゃうんだよね」

「間宮って何飲んでたっけ」

「無糖の紅茶かな。あんまり甘いのは砂糖……カロリーが気になっちゃうし」

「……なるほど」

　どう反応していいかわからなかったので同意だけして、俺もドリンクバーへ目を通す。

生憎、カロリーを気にする人間ではないのでどれでも好きなものを選んでいいのだが……そんなことを言っていた張本人の前で選ぶのは気が引ける。

「間宮は紅茶、好きなのか？」

「好きな方ではあるかな。茶葉とかに凝ってるわけじゃないけどね。時々、喫茶店とかで飲むと美味しいなあってなる」

「たまの贅沢ってやつだな。わかる」

「ってことで私はまた無糖の紅茶かな。味の変化は欲しいからミルクティーにするけど」

　そう言いつつ間宮はコップに無糖の紅茶を機械から注いで、途中でミルクに切り替える。

琥珀色と白色がコップの中で作っていた境界。そこにコーヒーなんかに入れるポーションミルクを入れてストローで掻き混ぜる。すると、優しい色合いのミルクティーが出来ていた。

「わかってると思うけど、ミルクティー自体があっても無糖の紅茶とミルクを混ぜて作ったのは砂糖の量を気にしてのことだからね？」

「流石に直前に言われれば嫌でもわかる。そこまで気にすることか？　とは思うけど」

「藍坂くんは男の子だからわからないかもしれないけど、体重ってすぐに増えるんだよ？　しかも、増えた分を戻すのに倍以上の日数がかかっちゃうし。だから普段から気を付けるのが一番楽なの。藍坂くんにはわからないかもだけどね」

「どうして二回言った？」

「だって私のことを重いとか散々言ってたから。重くないし、私」

拗ねたように顔を背ける間宮。昔、アカ姉にも言われたことがある。女性に言ってはならない話題は年齢、体重、付き合っているなら他の女の話だと。前二つはともかくとして、一番最後は俺でもわかる。当てはまる機会はまだないとは思うけど、気を付けてはおこう。

「……それで、藍坂くんはどれにするの？」

「アップルサイダーにしようかな。なんか珍しいし」

「確かにお店でもあんまり見ないね」

物珍しいものに挑戦はあまりしない方だけど、これくらいは大丈夫。コップに注げば、しゅわーっと炭酸が弾ける音がして、ほんのりと林檎の甘い香りを感じた。

わかっていたことだけど、この組み合わせは外れないよね。

「ちょっと味見してもいい？」

「いいけど」

間宮にコップを渡せば、なぜかじーっとコップを見つめたまま飲もうとしない。

「飲まないのか?」

「……私が飲んだら間接キスなのかなあ、って」

「前に全く気にしてなかった奴が何言ってるんだ?」

というか、それは俺のセリフじゃないだろうか。放課後、喫茶店に寄ったとき、問答無用でケーキを食べさせられ、間接キスを主張した人と同一人物とは思えない。

「前と今じゃ状況が違うのっ! あのときは好きじゃなかったし……意地悪」

「じゃあ飲まなきゃいいんじゃないか……?」

「……だって、ここで引っ込んだら怪しくない? 初めから藍坂くんとの間接キスが目的だった――みたいに思われそうで」

流石に言葉にするのは恥ずかしいのか、目を逸らしつつ間宮は小声で答えた。その疑いは……どうなんだろうか。怪しむかはともかく、一安心するのは確かだけどさ。

「なら、そっちのストロー使ったらいいんじゃないか?」

「味混ざっちゃうし」

「新しいストローー」

「勿体なくない?」

「……じゃあもう普通に飲むしか」

結局、間宮は飲みたいのか飲みたくないのかどっちだ。俺だって間宮がわざわざ言わなければ気にしなかったのに。

間宮は難しそうな顔でじーっとコップを見つめた後に、意を決した面持ちのまま無言でコップを口元に寄せていく。そして、とうとう縁に口をつけてコップを傾けた。

「……美味しいね。林檎の甘酸っぱさと炭酸がすごく合ってる」

間宮は味の感想を残すも、やはりぎこちなさが残っている。理由は言わずもがな。すぐにコップを返してくれるものだと思っていたのだが、間宮はアップルサイダーが入ったコップを返そうとしない。

「もしこのコップを藍坂くんに返したら、さらに間接キスってことになるよね」

「嫌なことを言い出すなよ」

「……まあ、ね？　もしも藍坂くんが私と間接キスをしたいって思ってるなら、このコップを返すのもやぶさかじゃないかなあって」

「返すも何も俺が選んだアップルサイダーなんだが」

「鮮度の問題があるから。私は藍坂くんがコップのどこを使って飲んでたのかわかんないし。でも、藍坂くんは私が飲んでた部分を覚えておけば新鮮な間接キスが出来るんだよね」

「新鮮な間接キスってなんだよ」

本気で間宮が言っていることがわからず、つい反射的に突っ込んでしまった。

「そういうことなので、アップルサイダーは私がもらっていきます。藍坂くんは私のミルクティーあげるから」

「は？　え？」

間宮からミルクティーの入ったコップを押し付けられた。俺もミルクティーは飲めるけどさ……間宮が使っていたコップって考えると、飲むのは躊躇してしまう。

俺が間宮の奇行に困惑していると、内緒話でもするかのように口を耳元に寄せてきて、

「――甘酸っぱかったのはアップルサイダーの味だけじゃないからね……？」

返答に困る囁きを残して、間宮は背を向け二人が待っている部屋へ歩いていく。その足取りは、普段よりも早足であった。

俺はアップルサイダーを飲めないまま間宮に持っていかれたため、その味を体感することは出来なかった。……アップルサイダー自体の味のことを指しているわけではないとわかってはいるけど、認めるにはちょっとだけ勇気が足りない。

込み上げてくるなんとも形容できない気持ちを飲み込むべくミルクティーの味で誤魔化し、

「…………甘すぎるな、これ」

それでも残すことは気持ち的にできず、落ち着かない気持ちのまま部屋に戻るのだった。

打ち上げ会が終わったのは午後六時前で、陽はすっかり落ちて白い月が空に浮かんでいる。

夕方よりは夜の方が近しい空模様を眺めつつ、ナツと多々良と別れた俺は間宮と一緒に帰路についていた。

「楽しかったね、打ち上げ会」

「カラオケとか久々すぎたけどな。てか、みんな歌が上手すぎないか？」

「秋人くんも下手ではなかったと思うけど」

それは間宮が上手かったから言えることだ。

カラオケでも多才ぶりを見せた間宮を初めとして、ナツも多々良も90点以上を出せるくらいの腕前だった。俺はというとそこまで得意でもなく、かといって音痴でもなく……という一番面白くない水準のため、誰もそんなことを思っていないと信じながらも自己嫌悪中である。

「もし練習したいなら今度一緒に行こうよ。私、付き合うよ」

「気遣いは嬉しいけど遠慮しとく。別に歌が下手でも人生困らないし」

「……それ、今言われても言い訳にしか聞こえないんだけど」

「うるさい」

その一言で会話を遮るも、気まずさは感じない。

悪意がないことをわかりきっていた空気感は、とても居心地が良かった。

「……宍倉さんと光莉さん、付き合ってるんだよね」

「そうだな」

「恋愛感情というものを知ってしまった今あの二人を見ると、いいなあって思ってしまうわけで」

「……ロボットが感情を知ったみたいなのやめない？」

「話の要点がそこじゃないとわかっていながら逸らすのは感心しないね」

それこそどう話したらいいのかわからなかったんだよ。

こほんと咳払い(せきばら)いをして無理やり調子を変え、家に着くまでの時間を乗り切った。

◆

「楽しみだね、期末テストの結果」

「……ちゃんと取れてたらいいけど」

「心配しなくても大丈夫だよ。いっぱい頑張ってたこと知ってるから」

冬の朝特有の冷え込みを感じながら、間宮と一緒に登校していた。

山の方では雪が降っているらしく、この分だと街でも雪の姿を見る日が近そうだ。それにしても、間宮と登校するのが当たり前になってきてしまったな……なんて考えつつ、話の内容に思考を寄せていく。

期末テストから数日空いて、今日は結果が発表される日だ。上埜(かみの)高校は学年順位の上位三十名が廊下に紙で張り出されることになっている。晒し者ではないにしろ、そうやって衆目に晒されるのを嫌に感じる人もいると思うのだが、なぜか昔から変わらないらしい。

「いい結果だといいね」

「……そうだな」

ご褒美の有無とは関係なく、自分の順位が上がっていれば嬉しいものだ。

学校につくと、緊張からかほんの僅かに心臓の鼓動が早まったのを感じる。身構えても結果は変わらないとわかっているが、これぱかりは慣れない。間宮との距離感を意識しつつ一年生の教室が並ぶ廊下に向かえば、一枚の紙が張り出されていた。

紙の前には早くも登校していた生徒によって人だかりができていたが、遠目で紙に書きだされている名簿を上から順に確かめていく。一位、二位、三位とこれまでのテストでも常連だった上位陣の名前があって、その次に『間宮優』という名前が高得点と一緒に書かれていた。

「……私、四位らしいです」

「らしいな。おめでとう」

「ありがとうございます。藍坂くんは……」

間宮の名前からさらに下へと視線を動かし、もしかして目標の二十位以内に入っていないのでは……という不安が湧いて出てきた頃、『藍坂秋人』という名前が十八位の隣にあった。

「藍坂くんの名前もありましたね」

「…………」

心なしか嬉しそうな間宮の声が左から右へと流れていく。

見間違いではないかと両目を擦(こす)って再度見るも、やはり十八位のところにあるのは俺の名前。

……よかった。

安堵(あんど)の息を漏らし、そっと胸を撫(な)でおろす。

やるべきことはしたし、いつも以上に対策と積み重ねをしっかりした自覚はあったけど、結果がついてくるとは限らない。

目に見える形で努力が報われた気がして、嬉しいよりも安心した。

「なんとか目標は達成だな。四位様と比べると、もっと頑張らないとって思うけど」

「点数は私の方が上かもしれませんが、努力に優劣はありません。そういった経験は自信にも繋(つな)がりますから。藍坂くんはもっと自分を褒めてもいいと思います」

「……苦手なんだよな、そういうの」

昔はそうでもなかった気がするけど、恐らくは中学自体のアレをきっかけに誰かからの評価を聞くことに苦手意識を持つようになった節がある。自分のことをそんな大層な人間とは思えないし、お世辞で言っているのではないかと疑ってしまう。

悪癖なのはわかっているけど、女性不信と同じく治るには時間と慣れが必要だ。

「……だったら、私が褒めます。頑張りましたね、藍坂くん」

隣で俺にだけ聞こえるくらいの声量で囁いた。

底のない優しさと一点の曇りもない信頼を帯びた声が、ざわめきの中でもすっと耳に入ってきて――込み上げてきた何かに耐えられずに俯く。別に期待していたわけじゃなかったのに、言葉として伝えられて嬉しいと感じている自分がいる。

……ああ、そうか。

俺は誰かに認めて欲しかったんだろうな。

そう納得したら、すとんと腑に落ちるものがあった。

でも――

「……やっぱり恥ずかしいからやめてくれ」

「恥じる結果ではないと思いますよ」

「そうじゃなくて……わかって言ってるだろ」

「さあ、なんのことでしょうか」

あくまで白を切る間宮は薄く笑っていて。

悪意がないだけに責めるのも違うと思い、照れ隠しをするように教室へ向かう俺の後を間宮も追ってきた。俺は席で過ごし、間宮は少し離れた席で点数に興味がある人たちに囲まれながら表面上は楽しそうに話している。

みんな人の点数に興味あるらしい。教室が期末テストの点数に関する話題で埋まってきて、

ひとしきり話した間宮が席に戻ってきた頃、

「秋人、間宮もおはよ」

「おはよーっ、秋くん優ちゃん！」

満面の笑みを浮かべるナツと多々良がやってきた。

これはもしかして、結果がよかったのだろうか。

「二人ともおはよう。結果は……聞かなくてもわかるか」

「おはようございます。お二人の努力も知っていますからね」

「……！　そう、そうなんだよ！　余裕で補習回避できたし、順位的には俺もひぃちゃんも真ん中より上だぜ⁉」

「それもこれも秋くんと優ちゃんが教えてくれたからだよ！　本当にありがとっ！」

「俺は大したことはしてないけどよかったな」

「私もですよ。全部二人の努力の成果です」

お互いに二人を褒めれば、まんざらでもなさそうにしていた。

ともかく、二人の成績が上がったことは喜ばしい。

「今回はほんとに助かった！　何かあったら言ってくれよ。勉強以外なら力になるからよ！」

「光莉も！　何でも言ってね！」

「……ええ。困ることがあれば頼らせていただきますね」

「間宮が困る姿が想像できないけどな」

「そうでもありませんよ。私一人の力でどうしようもないことは沢山ありますから」

一人ではどうしようもないことはある。

それはすぐに、現実のものとして訪れるとも知らずに。


期末テストの結果発表から数日後。

いつものように間宮と学校に登校すると、普段と教室の雰囲気が違うことに気づいた。

好奇心と懐疑心、それから敵対心のようなものまで感じるようなねばつく視線。中学時代の一件があってからの、腫れ物を見るような空気感と酷似していた。

何かしただろうかと記憶を探ってみるも、こんなことになる原因はわからない。

だが、一つ言えることは——何かが違う、ということだけ。

間宮へ探るような視線を送れば、同じく困惑を湛えた視線が返ってくる。どうやら間宮としても把握していない事態らしい。

アイコンタクトでなるべく気にしないようにしようと合意すると、教室に入ってきたナツが俺たち二人の方へ真っすぐに近寄ってくる。

しかも、やけに表情が真剣だ。

「……秋人、耳貸せ」

有無を言わせぬ口調で言われ、俺は素直に耳を差し出す。

ナツが耳元に顔を寄せて、

「――お前と間宮が付き合ってるなんて噂が流れてる。しかも、どういうわけか二人で同棲してるなんてことも言われてるぞ」

理解不能な言葉を告げられた。

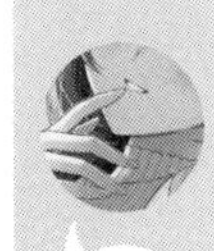

第8話　私の好きな人の話です

『……今回の噂（うわさ）、どう思う？』

「勘違いにしては悪質過ぎる。優（ゆう）と付き合ってるのを誤解されたのは百歩譲って理解できるとしても、同棲（どうせい）ってなんだよ。高校生だぞ？」

『そっちに関しては本当にそうだね。……でも、同棲かあ』

　間宮が言わんとすることは薄っすらと察せられるが、なんとなくそこに触れるのは良くない気がして話題を戻す。

「噂の原因としては、二人で手を繋（つな）いで歩いてたときの写真が撮られてＳＮＳで回されていたらしい。しかも、同じマンションに入っていくのも見られてたとか」

『みたいだね。だからって同棲は無理があると思うけど。私たちが付き合ってるって誤解させたかった誰（だれ）かがいるんじゃないかな』

　ナツから学校に広がっている噂話を聞いた夜、二人で通話しながら噂について議論を交わしていた。

　噂が広まった経緯としては、初めはＳＮＳのとある投稿らしい。いつのものかわからないが、俺と間宮が手を繋いで歩く姿を後ろから撮った写真が密かに拡散されていたのだ。しかも、同じマンションに入っていくところも目撃され、そのせいでデマの信憑性が増している。

俺も間宮も迂闊だったと言えばその通りだけど、手を繋いで同じマンションに入っていったから付き合って同棲している……なんて関係性に繋げるのは正直どうかと思う。

何度も言うけど同棲ってなんだよ。そこは嘘だと気づいてくれ。

浮いた話を頑なに聞かなかった優等生——間宮と、目立つところのない普通の男子生徒である俺。ミスマッチ感は誰もが感じるだろうし、それゆえに人の目もひきつけやすい。

「ナツも多々良から聞いたらしい。前に多々良に放課後のことを見られたからか信じてそうな感じだったけど、ナツに頼んで誤解を解いてもらったから多々良は大丈夫だと思う」

『そっか。まあ、昨日の今日でこんな噂があったら信じちゃうよね』

「その甲斐あってナツと多々良も知り合いには噂を否定してくれているみたいだけど……」

『多分、あんまり効果ないよね。みんな信じたいものを信じるから。付き合ってるのと付き合ってないの、どっちが面白いかって聞かれたら……まあ、そうなるよね』

諦めたように画面の向こうで間宮が息を吐く。

俺も間宮もわかりきっていたことだ。付き合っている事実がなくても、そう見えたこと自体が問題。学年を問わずに好意を向けられる間宮に彼氏がいた——なんてことになれば、これまで振られた人はどうやっても気になるだろう。

そうでなくともあの間宮に関係する話題だ。その隙を突いて崩したい……なんて考える良くない人もいるはず。内海の件でわかっていたつもりだったけど、改めて認識させられた。

「で、どうするんだ?」

『どうするもなにも、噂は噂。私たちは同棲も、付き合ってもいないし……ないし』

「……なんかごめん」

『気にしないで。いずれこうなっていたと思うから。それよりも——私たちが対処するべきなのは、この噂の出どころについて』

それはその通りだ。噂が広まっていたのはSNS。身内での話題が徐々に外側にまで広がって、今日のようなことになった。

『こんな噂を流して得をする人って誰？　私には秋人くんと偶然手を繋いでいるところを押さえたから、それででっち上げたようにしか見えない』

「男の方は誰でもよかったってことか」

『そう。それもそれで腹が立つね。もしも本当に彼氏だったら、そんな相手のことを誰でもいいなんて思ってるはずがないのに』

電話越しに聞こえてくる声には怒りと呼ぶべき感情が滲んでいた。

『とにかく、こんな噂を真に受ける必要はないよ。秋人くんは普段通りにしていればいいから』

「登下校はどうするんだ」

『変える必要はないと思う。このタイミングで一緒に帰らなくなったら、それこそ噂を肯定している材料として取られかねないから。どっちにしろ都合のいい解釈をされるだろうし』

それはそうかもしれない。

噂を流している相手が俺と間宮に対する悪意を持っていたとするなら、視点が固定されている以上、どんな抵抗をしたところで届かない。一緒に帰っていたのなら「やっぱり付き合っているんだ」となり、一緒に帰らなくなれば「噂が本当だったから誤魔化(ごまか)しているんだ」となる。

……本当にしょうもない。

もう高校生だぞ？　頼むから大人になってくれ。

嫌がらせ以外の意味はないし、それが目的なのだろうから手に負えない。

『だって、そもそも私と秋人くんは大変不本意ながらまだ友達なわけだし、噂は事実として嘘になるから私たちが逃げ腰になる必要もないよね』

「前半部分に棘(とげ)があるように感じるのは気のせい？」

『気のせいだよ。秋人くんも過度に気にする必要はないから。この手の噂はそのうち落ち着くだろうし、私も聞かれたらちゃんと『違う』って答えるから安心して。こんなことで既成事実を作ろうとか全くこれっぽっちも考えてないから』

「最後のがなければ安心できたんだけどなあ」

『しょうがないじゃん本当に好きなんだもん』

だもん、って……仕方ないのはそうかもしれないけどさ。

「優こそ一人で抱え込まないでくれよ。何かあったらすぐ相談すること」

『うん。前までならともかく、今は独りじゃないから……大丈夫。秋人くんこそ、変なこと言われてもカッとなったりしないでよ？　私の告白への答えを後回しにしてるくせに、秋人くんって私のこと好きすぎだし』

「……わかってるよ」

内海のときの記憶を思い出しながら苦々しく返す。

わかってるとは言ったものの、噂を流している人が間宮のことを貶していたりしたら……耐えられないと思う。過去の傷を掘り返す行為を見て見ぬ振りは出来ない。

「優もだからな。俺がバカにされてても変なこと言うなよ？」

『無理。私の今の一番は秋人くんだから。なるべく抑えようとは思うけど、それで秋人くんに危害が加えられるくらいなら優等生なんて今すぐやめる』

間宮の言葉に秘められた意志は固く、俺が何を言っても曲げないと理解してしまった。

同時に、入学から今までで築いてきた優等生という立場を捨ててもいいと思っているくらい俺のことを好きだと想ってくれていることに嬉しさを感じてしまって――しばらく言葉を返すことが出来ない。

『そういうことだから、私たちは今まで通り過ごすの。誰に聞かれても違うってちゃんと否定する。それだけ徹底ね』

「賛成。ただ、登下校はいいとして……流石に放課後の写真撮影はなしにした方が良くないか？　バレたらもう言い訳できないし」

『そうだね。私よりも秋人くんに迷惑がかかっちゃうから、噂話が収束するまでは我慢かなあ。残念だね、私のパンツ見れなくて』

「正直ホッとしてる」

『……今度お風呂上がりの写真とか送るからそのつもりでね』

「なんで⁉」


「間宮さんって、藍坂くんと……その、同棲、してるの？」

「違いますよ、ただの噂話です。もちろん付き合ってもいません。あらぬ疑いをかけるのは藍坂くんの迷惑にもなりますから、どうか控えていただけると嬉しいです」

「あー……そうだよね。ごめんね。普通に考えたらそうだよね。間宮さんのそういう話は聞いたことがなかったから気になっちゃって」

教室。

別の席で話していた間宮とクラスメイトの声が聞こえて、静観を貫いていたものの注意がそっちに割かれてしまう。

電話で話した後日も、学校で俺と間宮に向けられる好奇の視線は止まらなかった。

それもそのはず。

これまで浮いた話が一つもなかった間宮に湧いてきた推定彼氏の存在と、同棲疑惑。それがもし同学年や先輩で人気の人なら話は変わったかもしれないが、相手は特にこれといった特徴のない俺である。

まず寄せられるのは懐疑。それから嘘だよね？　みたいな嘲笑交じりの視線。

あんなやつが間宮の彼氏なわけがないだろ、という男子からの嫉妬と嫌悪に満ちた眼差しが常に向けられるのは非常に気分が悪い。女子からも似たような雰囲気を感じるが、一部からはどことなく安堵のようなものも窺えるのは闇が深いと思う。

大方、間宮がもしも自分の意中の人を好きだったら——なんてことがありえなくなるからだろう。

「……ほんと、やってられない」

「そうだよなあ。人気者の秋人くん？」

俯きながら呟いた俺の肩を叩くのは、爽やかな笑顔を浮かべるナツだった。

「からかいに来たのかよ」

「それもあるけど——あんまり気にしすぎるなよ。お前はお前だ。誰がなんと言おうと、俺もひぃちゃんも間宮も秋人がいいやつだって知ってる。俺たちは何があっても味方だよ」

「……そうか」

臆することなく言ってのけるナツに眩しいものを感じながらも、その言葉に少しだけ胸の重さが取り除かれる。

こんな経験をしたのは中学の一件以来で……やっぱり堪えているのかもしれない。動揺や焦りを表に出さないように心掛けているけれど気にしてしまう。

しかも、今回の問題は俺だけへの影響に留まらず、間宮にも直接的に関わってくる。そんな中で変わらずに味方をしてくれるナツと多々良の存在は精神的に大きい。

「多分秋人にも直接言いに来る奴がいると思うけど、まともに相手するなよ。何かあったらすぐ俺を呼べ」

「おかんか」

「この際おかんでもなんでもいい。必要以上に反応したら思うつぼだ。それと……間宮から目を離すなよ。真面目でしっかりしてるからって一人で抱えさせるな」

「……わかってる」

「ならいい」

真面目な表情のナツが満足げに頷いて、またしても肩を叩いてくる。

今回の件、間宮を一人にする気は全くない。俺も原因の一端を担っているわけだし、いくら間宮がしっかりしているとわかっていても限界は存在するのだ。

間宮の強さも弱さも、胸に秘めている想いも知っている。

それで目を背けられるはずがない。

「宍倉さん、おはようございます」

「おう、間宮。元気そうだな」

左隣の席に帰ってきた間宮とナツが挨拶を交わす。

周囲に見せつけるような雰囲気のそれは周囲へ牽制する意味もあるのだろう。ナツが間宮の味方だと印象付けて、関わらせないようにするための行動。クラスでムードメーカー的な立ち位置のナツが間宮の味方とわかれば、表立って口を挟んでくることは少なくなるはず。

本当に、頭が上がらないな。

こういうことに関しては多々良を含めた三人に一歩も二歩も及ばない。

それからナツは間宮と少し話してから自分の席に戻っていく。

「すみません、藍坂くん。脚を怪我していたところを助けていただいたのにご迷惑をかけてしまって。私が支えていて欲しいなんてお願いしたばかりに」

「間宮が気にすることじゃない。それより怪我は大丈夫なのか？」

「軽い捻挫でしたから大丈夫ですよ」

わざと教室にいるクラスメイトが普通に聞こえるような声量で会話をする。

昨日の電話で間宮と話す内容についてすり合わせを行っていた。その一つが噂を否定しつつ手を繋がざるを得ない事情があったと真実の中に嘘を混ぜ込むこと。

これなら俺が間宮といい仲なのではと勘繰っている男子に対する弁明というか、誤解を解く材料になるし、仕方ないと納得する人もいるだろう。

一気に意識を変える必要はない。

少しずつ噂が嘘であるという事実が周知されれば、あとは時間が解決してくれる。

「それにしても……まさか私を助けたばかりに彼氏扱いされるなんて。同棲の方を本気で考えている人はいないと思いますが、こんな噂を流した人は誰なんでしょうね」

「全くだ。冷静に考えて俺なんかが間宮の彼氏なわけないだろ。同棲なんてもってのほかだ。どこを見ても釣り合う要素がないぞ」

はあ、とため息をつきながら言えば、間宮から感じる不満げな気配。

間宮が俺のことを恋愛感情として好きなのは事実で、噂を欺くためとはいえ『彼氏にはふさわしくない』と言っていたらいい気がしないのは確かだろう。必要だから我慢してくれと視線で訴えれば、ほんの僅(わず)かに悲しげな雰囲気を目に宿らせつつも、

「卑下する必要はありませんよ。私は藍坂くんが優しい人だと知っていますから」

「……そりゃどうも」

優等生の笑みはどうしようもなく優しくて。

『本当に秋人くんが彼氏だったらよかったのに』

スマホに届いた間宮からのメッセージ。誠実な返答を持ち合わせていない俺としては、どうにか表情を繕って無言を貫くしかなかった。

学校で流れていた噂を否定はしているけれど、そう簡単には収束しない。

これまで恋愛系の話を聞かなかった間宮だからという理由もあるだろうけど、翌日から明らかにそうじゃないものまで聞こえてくるようになった。

――『藍坂は間宮に振られたけど金を渡して関係を持っていて、間宮は藍坂とは遊びのつもりで付き合ってる』なんて悪意しかない事実無根の噂が耳に入ってきたのだ。

とうとう来るところまで来たな、と思いながらも、その話題に対して忌避感を覚えている自分がいることに気づく。間宮にそんな意思はないと知っているけど……どうしても、昔のことを思い出してしまう。

中学時代、嘘告白によって人格否定までされた俺は、女性不信を患うこととなった。だからか、今回の噂の『振られる』というワードに対して過敏に反応してしまっているのだろう。

現実として俺が間宮に告白したことはないし、お金を渡して関係を持っているわけでもない。

それは当事者である俺と間宮が一番わかっている。だから嘘だと判断できるが、他の人は俺たちが揃って嘘をついている可能性も考慮しなければならないため、本当の意味で嘘だと噂を断じることが出来ない。

間宮がそんなことをするはずのない善良な優等生であると知っていても、もしかしたらという疑いは誰もが抱いてしまう。

そして向けられる疑いの目が……確実に間宮のメンタルを消耗させていた。

「……あんな嘘を真に受ける必要はないからな」

『わかってるよ。わかってるけど……私が秋人くんのことを遊びだと思われてるのも、秋人くんが私とお金で関係を持ってるって思われてるの、どっちに対しても失礼じゃない？』

画面越しに聞こえてくるのは怒気を孕んだ声。俺も間宮の考えには全面的に同意だった。

普段の間宮を見ていれば不誠実な行いをするはずがないとわかりそうなものなのに、そんな嘘が囁かれているのは誰かが糸を引いているとしか思えない。

『一番初めの噂は主に私を狙ってたみたいだけど、それが今度は秋人くんも巻き込んで……私だけならともかく、秋人くんを一緒にするのは違う』

「そう決まったわけじゃないだろ」

『それなら秋人くんが私を脅して付き合ってる――とかの方が秋人くんには迷惑がかかるんじゃない？　まあ、あんまり深くは考えてないのかもしれないけど』

「…………」

否定しようとして、できる材料がないと口を噤んだ。

無用な慰めにしかならないし、噓の噂は止まないので意味がない。

『本当にごめんね。また私のせいで迷惑かけるみたい』

「優だけのせいじゃない。俺も注意が足りなかったし、誰かに見られたらこうなることくらい簡単に想定できた」

『……いつにも増して私が優等生なんて呼ばれている立場が嫌になるね』

「そう言うなよ。間宮が頑張ってきた証拠なんだから」

『秋人くんは私が欲しい言葉をわかってるね。嬉しい』

控えめな笑い声が聞こえて、少しだけ妙な気分になってしまう。

誰から見ても学校での間宮が努力していることは明白で、俺はそれをより身近で知っているだけ。優等生という立場を守るためではあっても、間宮の積み重ねてきた日々の重さは誰も笑えるものではない。

俺は素直に尊敬できる。

でも――だからこそ、一つだけ間宮に聞かなければならないことがある。

「俺は、優のことを信用したいと思ってる」

『……急にどうしたの？』

「要するに……本当に信用していいのかってことを確認したかった」

胸の痛みを感じながらも間宮に問う。

画面の向こうから伝わってくる沈黙。

少しして『続けて』と静かながら僅かに震えを伴った声が届いた。

「……俺は優が知っての通り、女性不信は治っていない。その原因になった出来事についても話した。だから薄々察しがつくと思うけど――怖いんだ。こんなにも『好き』だって言ってくれる間宮が、実は俺のことを遊びでそう思っていたんじゃないか……なんて考えてしまって」

自己中心的で最悪な考え方だなと思いながらも、俺は間宮に偽らざる本心を告げた。

ただの噂、ただの嘘。

そう納得したいのは山々だ。

間宮が俺に対する絶対的な優位を握る理由となっている写真があるとしても、嘘告白なんて過去がある俺としては疑念を抱かざるを得なかった。もしも噂が本当で、間宮は俺のことを好きではなかったら――そう考えるだけで、胸が酷く締め付けられる。

俺個人としては間宮に疑いを向けたくないし、お互いの過去を知っているのだから信用したいとも思う。

だからこそ間宮を傷つけてしまうかもしれないという懸念があっても、霧のように立ち込めてしまった迷いを打ち明けた。

俺が信じたい間宮なら、傷つけようとする意図はないと理解してくれるだろうから。

『――そう、だよね。私がもし秋人くんの立場なら、同じように考えたと思う』

間宮からの返答は賛同だった。

けれど、その声は神妙で、不安げな雰囲気を感じる。

『でも、そんな噂は嘘。私自身が秋人くんを好きだって知ってる。証明して欲しいなら、私にして欲しいことをなんでも教えて』

「……ごめん。悪いのは全部俺のせいだ。間宮がそんなことで誰かを傷つけるような人じゃないのはわかってる。でも、そう考えるのは俺が弱いから」

女性不信になった過去があっても、それは過去で今ではない。

ましてや、間宮はその一件に何一つとして関わりがないのだから、そこに結びつけるのはこじつけもいいところだ。

そう、わかっていても。

また自分が傷つくのを恐れて、信じたい相手も信じられない。

沈黙を経て、どう切り出したものかと迷っていた俺よりも先に、

『――私も、怖いよ。こんな根も葉もない噂で秋人くんに嫌われるのが、泣きそうになるくらい怖い』

今度は涙声のようにも聞こえる間宮の声があった。

熱の籠(こも)った声色(こわいろ)に喉(のど)の奥が締め付けられたような感覚に見舞われて、俺は静かに間宮の言

葉の続きを待つ。

『……だって、せっかく少しずつだけど仲良くなれて、一緒にいたいと思えた人なのに、こんなことで遠くなっちゃうのは嫌だよ。初めて出来た、好きな人……なんだよ？』

鼻をすする音。縋るような声の調子。自分に対する嫌悪感が膨らんでいく。

なにやってるんだと。

間宮が俺にしてきたことを考えれば、そんな噂はすぐさま切り捨てられただろうと。深く傷つけることだとわかっていながら、裏切られる痛みを知っていたのに保身を選んだ。

その結果が間宮の泣き顔だと言うのなら――

「……優。俺から一つ、頼みがある。脅してくれ、俺を。秘密をバラされたくなかったら写真を公開するって」

『……なん、で』

「こうでもしないと逃げそうだから。俺が優を信じたいのは本当だ。だけど、心のどこかでは疑ってる。だから、変わらない物に頼る。その写真がある限り、俺は優に逆らえない。嘘か本当かなんてどうでもよくなる。そうだろ？」

自分で言っていて酷い理屈だった。

まるで間宮の気持ちを考えていない自己中心的な提案。

数秒に渡る沈黙は間宮の頭で検討されていた時間だろう。

『いいよ。それで秋人くんが楽になれるなら』

絞り出すような言葉は俺が望んでいた答えのはずなのに、どうしようもなく胸が痛んで。

『でも、これだけは覚えておいて。私は秋人くんのことが好き。だって、私と秋人くんが付き合ってるってことはただの噂だって一番わかってるのに、本当だったらよかったって思っちゃったんだもん』

「………ごめん」

『謝って欲しいわけじゃないから。秋人くんは何も悪くない。もちろん、私も普通にしていただけ。悪いのはこんな噂を流した人。そうでしょ？』

「……そうだな」

『それにさ、もしも噂の収拾がつかなくなったら……それこそ、私と秋人くんは付き合ってるってことにしたらいいんじゃない？』

画面越しでもわかる嬉しさの滲んだ声音に、知らずのうちに感じていた緊張のようなものが解れていく。間宮がそれを望んでくれることは一人の人間としてとても喜ばしいことだと思うけど……そこはちゃんと答えを出してからにして欲しい。

「なら、ちゃんと噂話を収拾させないとな」

『遠回しに私と付き合う気はないって言ったよね』

「……少なくとも今は無理だな」

『知ってる。確認しただけだよ。私も誰かを遊びで好きになるとか思われてるのは嫌だし。遊びなわけないじゃん。そうならこんなに苦労してないよ』

「苦労させてる本人が言うのもなんだけど、その通りだな」

本当に、その通りだ。

だって――誰かを好きな想いは、そう簡単に割り切れるはずがない。

◆

嘘の噂が流れ始めてから三日が経った。

毎日のように向けられる視線にもうんざりしてきたが、これでも減った方だと考えると憂鬱な気分になってしまう。一応……というか、当然なのだが根も葉もない嘘を肯定する気はないので、俺に聞きに来た人に対しては懇切丁寧に本当ではないことを冗談めかして伝えている。

だが、聞いてきた本人たちもまさか本当とは思っておらず、あくまで『違うよな？』という圧をかけるための確認に近かった。……これ、もしも本当に付き合っていたらどうなっていたのかと考えると怖いな。

それはともかく、俺からも説明しないと本気に考える人がいそうで、実際そう考えていた男子生徒にトイレで詰め寄られたりと散々な体験をした。

学校だけの情報では俺と間宮の関係に繋げられる人はいないだろう。全く釣り合わないという考えが当たり前。直接言われもしたし、俺自身も多少なりそう思っている節はある。

間宮は難しい顔をするんだろうなとわかっていても、自信のなさはどうしようもない。

そんなこんなで表面上は平和的な学校生活を送っていたが、噂話に気を遣っていれば当然精神的にも消耗する。

疲労が顔に出ていたのか夕食の焼きそばをアカ姉と食べていた時、

「アキ、疲れてる？」

「……疲れてるように見える？」

「まあね。何年一緒にいると思ってるのよ。何かあった？」

あくまで気楽な調子でアカ姉は聞いてくる。

間宮も関わっているから勝手に話して良いものかと迷ったが、

「もしかして優ちゃんのこと？」

悪戯（いたずら）っぽい笑みを浮かべて当たりを一発で引いた。思わずむせて焼きそばを食べる箸（はし）が止まるも、その反応で正解だったことをアカ姉は察したらしい。

「ふうん……遂にアキにも春が来たってことかあ。それで、チューはしたの？」

いきなり何を言ってるんだこの姉は。あり得ないという気持ちを込めた視線を送り続ければ平謝りが返ってくる。思い付きで聞いただけでも普通にやめて欲しい。

今の状況では、特に。

「………アカ姉が考えているようなことは何もないよ。ただ、ちょっと困ったことになってるってだけ」

「……話せるなら話してみなさい」

冷え切った声で答えると、アカ姉もふざけた雰囲気を払って真面目な顔になる。片手がチューハイ缶で埋まってるのは締まらないけど、こういうときのアカ姉は頼りになると経験則で知っていた。中学校の頃の一件でもよく話を聞いてもらったことがある。

一度頭の中を整理してから、

「……学校で俺と間宮が付き合ってて同棲してるって噂が出回ってるんだ。アカ姉もわかるだろうけど、そんなの嘘で、最近になって間宮は俺と遊びで付き合ってるなんてものも出てきて――正直、俺も間宮も結構参ってる」

「………そう」

アカ姉はチューハイ缶を傾けながらも真剣に考える素振りを見せながら短く返事をする。

空になった缶をテーブルに置いて、

「同棲云々はともかく、アキが優ちゃんと本当に付き合えば解決なんじゃないの？」

冗談ではない解決法を冗談ではない調子で口にした。

……アカ姉ってもっとちゃんとしてた気がするんだけどな。

俺の勘違いだったのだろうか。

流石に姉に対して幻滅したくはなかったけど……それは良くないだろ、色々。

そもそも、それだと遊びで付き合ってるって噂に対してのカウンターにはならない。

「あのさ、アカ姉。俺が本当に間宮と付き合えると思ってる？」

「アキが家に入れてもいいくらい信用してる女の子なら可能性はあるんじゃないの？」

「……それは友達って範疇だからだよ。付き合うのとは違う。それと、付き合ったら付き合ったでまた面倒なことになる。下手したら今よりも悪化する」

「優ちゃん可愛いもんね」

確かに客観的に見れば可愛いんだけど……そうじゃないんだよな。

「一番の問題はそういう噂を流す人の目的がわからないってとこなんだけど」

「嫉妬じゃないの？　恋愛関係で拗れる原因なんてそんなもんでしょ。優ちゃんに好きな人を取られた——とか勘違いしてる女の子の仕業、とかね」

「……一方的な思い違いすぎないか？」

「恋は盲目。女の子の嫉妬って怖いのよ。自分の恋のためなら平気で友達も蹴落とすんだから。

男よりも鋭い……ってか男が鈍感すぎるのよね。気づかないだけで裏側では日夜戦いが起こっているのよ」

全部を信じるわけではないけど、同意する部分もある。

それに、俺と間宮の身に降りかかっているのはそういうものだ。

だからこそ、出来る限り俺が間宮のメンタルを気にしなければならないのに……あんなことを言って逆に困らせる始末。

「もしもアキに少しでも優ちゃんを好きな気持ちがあるのなら、何があっても信じて支えること。見捨てたりしたら許さないから」

厳しくも姉としての優しさを込めた言葉。

自分の心に問いを投げ、その気持ちが少なからずあることを自覚しながら、改めて間宮の傍(そば)にいようと決めた。


日直の当番が回ってきたため、間宮と一緒に教室の掃除をしてから溜(た)まったごみを外の廃棄場に捨てに行っていた。間宮は職員室に日誌を届けているはず。

制服の隙間(すきま)からしみ込んでくる寒さに耐えつつ、雲が覆(おお)っている空を見上げる。山の方では雪が降り始めているらしい。街の方はまだだけど、もうじき降るだろう。

「……冬休みに入るまでの辛抱だな」

二学期の終業式まであと一週間くらい。冬休みになって他の人と会わなくなれば自然と噂話が消えると願いたい。解決する方が望ましいけれど……そっちの進展は今のところ皆無。

俺にできるのは噂を否定し続けることだけ。噂の真偽を聞いてくる奴は間宮のことを大なり小なり好きな人だろうけど。

そんなことを考えつつごみを捨てて教室に戻ると、見慣れない女子生徒が教室の扉の前で腕を組んでいた。誰かを待っているのだろうか。

「あ、やっと来た。君、藍坂秋人だよね」

「……そうですけど、そういう貴女は」

「水瀬美空。二年よ。あんたたちの噂を流した人……って言ったらわかる?」

二年の女子生徒――水瀬先輩が口にした言葉に衝撃を受け、思わず彼女を睨みつけてしまう。

「あたしはあんたのことはどうでもいいの。調子に乗ってるあの女に嫌がらせをするのに丁度いいから使わせてもらっただけ」

「……何が言いたいんですか」

「察しが悪いわね。間宮優が嫌いなのよ。あたしの好きな人を誑かしておいて、あんたで遊ぶ尻軽がね」

憎しみと怒りに満ちた眼差しで水瀬先輩は呟きながら教室に入っていく。

……なんだよ、それ。一方的な勘違いと思い込みでこの人はあんな噂を流したのか？　それでどれだけ間宮が苦しんでいたかも知らないで。……いや、知らないからこそ、そうやって根も葉もない噂を流せたんだろう。

込み上げてきた怒りを溢れる前に押し殺しつつ、俺も水瀬先輩に続いて教室に入る。

「……水瀬先輩。今すぐ噂を撤回してくれませんか」

「どうして？　あたしがあんたの言うことを聞く理由はないし」

あくまで強気な口調で水瀬先輩は拒否した。それもそうだろう。間宮に嫌がらせをすること自体が目的なのだとしたら、撤回する理由がない。

「間宮は先輩が流した噂とは全く関係ないし、人となりを知っていれば絶対に違うと誰でもわかる」

「本当にそう？　人は誰でも裏があるものでしょ？　あの生意気な後輩の場合は、それが男遊びだったってだけで」

「……どうしてそこまでするんですか」

「あの女が嫌いだからよ。あたしの好きな人を横からかっさらって、そのくせあんたみたいな冴えない男が隣にいるのよ？　ふざけないでって思って当然」

「だからって嘘を流すのは違いますよね」

「どうせ誰も嘘かどうかなんてわからないし。だってそうでしょ？　その人の気持ちを本当に確かめる方法なんてどこにもない」

それはそうかもしれないけど、だからって人を傷つけていい理由にはならない。

「あんたにはわかんないでしょ？　好きな人を横から奪われる気持ち」

語調を強めて言う水瀬先輩だけど、裏には悲しげな気配が滲んでいるように思えた。

◆

誰があんな噂を流し始めたのかと考えながら、日直の私は日誌を提出するため職員室までの廊下を歩いていた。

現状、明確に噂の出どころを特定する証拠は出てきていない。宍倉さんが見つけたＳＮＳのアカウントもとっくに消されていて特定は不可能だった。ただ……私の話題を初めに上げていたアカウントは、どうやら一つ上の学年の生徒らしい。

そこで、私の中では一つの仮説が浮上した。

最近、私に告白をしてきた先輩――確か篠原(しのはら)さんという名前だったはず――のことを好きな女子生徒こそが噂を流し始めた犯人なのではないかという推測だ。嫉妬は珍しくもなんともないけど、一方的な勘違いで嫌がらせを受ける私の身にもなって欲しい。

私は告白をしてきた先輩のことをなんとも思っていないし、その人を好きな人がいることも構わない。

そもそも私が好意を向ける異性はたった一人。秋人くん以外にその感情を向けることは、恋が冷めない限りはあり得ないだろう。

……まあ、これっぽっちも冷める気配はないんだけどさ。

それはそうとして、噂の出どころについての推測を巡らせたところで、現実的にはあまり意味がなかったりする。本人たちに直接話したところで白を切られれば終わりだからね。

ＳＮＳのアカウントなんて簡単に作り直せるし、それこそ「他の人が私の名前を勝手に使ってたんだ」とか言われたらおしまい。警察沙汰(ざた)にすればデータの出どころを調べたりできたと思うけど、確かな証拠もないうちは動いてくれないだろう。

つまるところ、私と秋人くんは噂を否定しつつ、みんなが飽きて忘れるまで耐えなければならない。

ほんと、面倒なことになっちゃったね。

「……どうしようもないです。ため息も出てしまいますね」

誰もいない廊下で独り言を呟きながら漏(も)れたため息。自分でも精神的な疲労がたまってきていることがよくわかる。

最近は秋人くんとあまり一緒にいられてないし、放課後の写真撮影も当然ない。お陰(かげ)でストレスの解消方法が限られて、人目を忍んでため息を零(こぼ)すことが増えた。

だけど、私には入学時から築いてきた優等生というイメージがある。迂闊に気も抜けないし、優等生でいることを選んだのは私だけど、それでも窮屈に感じてしまう。

誰にでも都合のいい優等生。身について剝がれなくなってしまった演技に誰も彼もが騙される。本当の自分を見て欲しいという欲求があることをわかっていながら続けているのだから、私も相当な変わり者なのかもしれないけど。

でも、今更やめられない。

怖いのだ、単純に。

本当の私を知られることが。

鬱々とした思考を振り払い、表情を作ってから職員室に入って日誌を担任の机に置いて立ち去る。教室では同じく日直の仕事をしているであろう秋人くんが待っているはずだ。

今日も早く二人で帰ろう――そう思いながら教室の扉を潜れば、

「――やっと来た。あんたが間宮優？」

何故か秋人くんと一緒に教室にいた同学年では見覚えのない女子生徒が、決して友好的とは言えない雰囲気を漂わせながら、ねばつくような嫌な感じのする笑みを浮かべて私を見た。

◆

「間宮。この人が――水瀬先輩が噂を流していたらしい」

「そう、ですか」

間宮はそれを聞くと本当に少しだけ驚きつつも、表情に出さないように押し込めて彼女と正面から向き合った。

「私に何か御用でしょうか」

警戒と不穏な気配を優等生の仮面で覆い隠しながら聞けば、水瀬先輩は軽く鼻を鳴らして、

「いい気味ね。これから彼氏くんと遊ぶの？」

嘲笑と共に投げられた言葉。

それだけで間宮は水瀬先輩があの嘘の噂を流していた張本人と理解しただろう。水瀬先輩は挑発のつもりで間宮が気にするであろう言葉を使っている。

俺も間宮の傷を掘り返すような行為にはらわたが煮えくり返る思いだった。

「一つ確認したいのですが、私と水瀬先輩は面識がありましたか？」

「ないわよそんなの」

「そうですよね、安心しました。私の記憶違いかと思いましたので」

驚くことに間宮と水瀬先輩はお互い初めて会ったらしい。

だとしたら、何が変な噂を流される原因になったのか。

「貴女が噂を流していたのですね」

「噂？　私はてっきり本当のことだと思っていたんだけど」

白々しい笑み。その裏側に透けている悪意は感じて久しいもの。

「そもそも、先に手を出してきたのはあんたでしょ」

「……心当たりがないのですが」

「本気で言ってるの？　……ほんっと、不愉快。あんた、私の篠原くんを取ろうとしておいて」

「篠原先輩を取ろうとした？」

間宮が懐疑を含ませながら首を傾げた。知らないふりをしているようには思えない様子に、水瀬先輩は露骨にむっと眉間にしわを寄せる。

「バスケ部の二年でエース！　他に誰がいるのよ。あんたが篠原くんを誘惑して取ろうとしたんでしょっ⁉」

ヒステリックに叫ぶ水瀬先輩。

言いがかりも甚だしいと一笑に付すのは簡単だけど、これ以上逆ギレされても困るし話はややこしくなるばかりだ。

でも、きっちり否定しておかなければ今後も尾を引いてしまう。

「それは先輩の誤解です。私は貴女の言う篠原先輩から告白はされましたが、丁重にお断りしました」

間宮は毅然とした態度のまま事実だけを伝えると、水瀬先輩は俯きがちに肩を震わせて、

「……うるさいわね。そうやっていい子ぶって何も知らない男たちを誑し込んできたんでしょ？　あんたに集ってくる男なんてそれこそ吐いて捨てても余るくらいいるからいい気になってるのよね、嘘つきさん？」

「私は嘘をついていません」

「はあ……ほんと、あんたなんかの彼氏に金を払ってまでなりたいと思う男も可哀想。でもまあお似合いかもね。野暮ったい、如何にもどんくさそうな陰キャくんが」

水瀬先輩は俺と間宮を順に見てせせら笑う。

確かに俺はお世辞にも明るい性格とは言えないし、水瀬先輩が言う篠原先輩とやらにはルックスという面で遠く及ばないはず。客観的な事実として否定する気はない。

けど、そこで間宮を引き合いに出すのは違う。

「この女、見た目だけは良いもんね。だからあんたも誑し込まれたんでしょ？　うける」

ケラケラと指さしながら笑う水瀬先輩に「違う」と否定をぶつけようとして。

「――取り消していただけますか」

静かな、しかし無視できない圧を秘めた間宮の一言が笑い声を引き裂いた。間宮は一歩前に踏み出して、水瀬先輩との距離を縮める。スカートの横で固く握られた手は震えていた。

「藍坂くんへの暴言を、取り消していただけますか」

再度、間宮は水瀬先輩へ普段よりも強い口調で求めた。雰囲気の変わりように呆気に取られら

ていた水瀬先輩だったが調子を取り戻すように咳払いをして、

「なによ。まさか、本当に彼氏だったとか？　男の趣味悪すぎじゃない？」

「彼氏ではありませんよ。ええ。ですが、大切な人であることに変わりありません。貴女が不満なのは私でしょう？　他の人を巻き込まないでください。駄々をこねる子供ではないのですから」

「なっ……あんた、それが先輩に対する口の利き方⁉」

「先輩として敬われたければそれ相応の行いをしてからにしていただけませんか？」

ヒートアップしていく水瀬先輩に対して、間宮は酷く冷たい対応のまま。けれど、その言葉の裏には燃えるように熱い感情が存在することを察していた。目じりをきつく上げて水瀬先輩は間宮を睨むも、どこ吹く風といった様子で何事もないかのように受け流す。

間宮にしてみればこの手の悪意や言葉は過去に何度も遭遇したもので、ある種の耐性がついているのだろう。

痛みを感じないわけではない。

辛くないわけでもない。

苦痛に慣れて隠せるようになってしまった。

だというのに、間宮は他ならない俺のために怒りを露わにしていて、その末に自分が傷つくかもしれないと予感しながらも突き進んでいる。

「貴女は好きな人が私に取られたと言いましたよね？　ですが、それは貴女自身に篠原先輩を振り向かせられるほどの魅力がなかったからではありませんか？」

「……ッ」

「本当はわかっているんですよね、悪いのは自分だと。私は普通にしていただけで、貴女は篠原先輩を好きでありながら振り向かせる努力を怠った。違いますか？」

有無を言わせぬ口調で詰めていく間宮に、水瀬先輩は何も言い返せなくなっていく。水瀬先輩としては間宮を一方的に批判できるとでも思っていたのだろう。優等生としての姿しか学校では見せていない間宮は気の強さを出していない。

だが、現実は違った。

間宮の優等生という姿は仮面で、芯（しん）の通った強さと優しさを裏側に秘めている。

「貴女は自分のことを篠原先輩が好きになってくれないことを私のせいにしたいだけですよね」

「……ッ、だったらッ!!　あんたにこの気持ちはわからないでしょッ!?」

張り裂けんばかりの声量で叫んだ水瀬先輩を前にしながらも、

「わかりますよ。自分のことのように、痛いほど」

静かなのに、口にした言葉は静寂に石を投げ込んだように広がっていく。

「もう一度言いますが、私は篠原先輩に告白されて、振りました。なぜかわかりますか？　簡単な話です。他に好きな人——秋人くんがいるからですよ」

「なっ……あんた、何を言って」

「ですから、私の好きな人の話です。私が欲しいのは秋人くんからの好きだけ。そのために、許される限りの時間と労力と勇気を使いたい」

水瀬先輩は突然の話題転換についていけていないのか、信じられないと言いたげな目で俺と間宮を交互に行き来している。まさか遊びで付き合っていると嘘の噂を流されていた間宮が、俺を本当に好きだと話したことに混乱しているらしい。

だが、間宮はそんな水瀬先輩に構うことなく、俺へ伏せがちに視線を流して微笑み、それからまた彼女の方へと向き直る。

「でも、秋人くんって全然素直になってくれないんですよ。私が一緒に登校しましょうと誘っても、初めは断られました。なので強引についていくことにしました。最後には根負けしたのか、一緒に登校できるようになって嬉しかったです。手を繋ぐのだって大変でした。寒いとかはぐれるからって理由をつけないと秋人くんは繋いでくれないんですよ。それでも優しいから最終的には繋いでくれるんです。あったかくて、私よりも大きな手。凄く凄く、安心するんです。ずっと繋いでいても飽きません。それから、とても優しいんです。いつも自然に車道側を歩いてくれて、重いものを持っていたら手伝ってくれて、私の苦労を理解して、肯定してくれました。本人からしたら何気ない一言だったのかもしれませんが、それに何度も救われています」

「ま、間宮？　変なスイッチ入ってないか？」

「私は至って正常ですよ？　秋人くんへの愛を説いていただけで」

「恥ずかしいからやめてくれ……」

「嫌です。水瀬先輩に見せつけるには丁度いいでしょう？」

異様な早口で語る間宮の様子に危機感じみたものを覚えて止めに入るも、返ってくるのはズレた発言だけ。ああ、これ、だめかもしれない。

愛を説くってなんだよ。説法じゃないんだぞ。あと見せつけるって言ったよね？　それが目的じゃないの？

俺たちの関係は誰にも話せない秘密。それを曝け出すことのデメリットは間宮だってわかっているはずだ。だというのに……ここまで話したら、もう隠せない。

「大丈夫ですよ。ちゃんと口止めもしますから。心配しないでください。決して、私が秋人くんのことを好きなんだって水瀬先輩に知ってもらうことで、秋人くんの退路を断とうだなんて考えていませんから」

「わざと言葉にして不安にさせたよな⁉」

頰を引き攣らせつつ聞き返すも、「どうでしょうね」とどっちつかずの微笑みを残すのみ。

「すみません、少し途切れてしまいましたね。とにかく、秋人くんは私にとっての大切な

――好きな人なんです。こんなに褒めても足りません。ああ、でも、ちょっとだけ鈍感なのは玉に瑕（きず）かもしれませんね。秋人くん、私が身体（からだ）を押し付けても「離れろ」って言うんですよ？　酷いですよね。でも、それは私のことを心配しているからなんだってわかるので、嫌いじゃないんです」

一息に語った間宮の表情は晴れ渡っていた。

俺の顔は熱かった。じんじんと、内側から熱が溢れてくる。

恥ずかしいやら、嬉しいやら、やっぱり恥ずかしいやらで、自分の感情が広大な空に投げ出されて迷子になっているような気さえする。

好きという言葉は何度も聞いた。告白もされた。でも、心のどこかでは間宮が俺なんかを好きになるはずがない――なんて疑っていたんじゃないかと、ふと思う。

それはある意味、自分を守る殻だったのかもしれない。再び傷つかないための、本能的な自己防衛。心の距離を保っていれば、自分が傷つくことはないのだから。

けれど、その考えを粉々に打ち砕く言葉の……好きの羅列を聞いてしまえば、もう、どうしようもなくなってしまう。

だって、それはきっと、無意識に求めていたものだ。

中学の時、自分の存在を認められなかった俺が、間宮に全（すべ）てを許容され、認められ、受け入れられている証拠。

「………あんた、本当にそいつのことが好きなの？」

「そうですよ？　誰よりも、何よりも、私は藍坂秋人くんを選びます。私は、私の全てをかけて、秋人くんという一人の異性に向き合っている最中なんです。とてもじゃないですが、他の人に脇目を振っている余裕はないんですよ」

ほんの少しだけ素の自分を出しながら、強く言い切る間宮の表情に迷いはない。

水瀬先輩の方は、無言のまま俯いていた。僅かに肩も震えている。

「………わかってるわよ」

吐息交じりの呟きが、零れて。

強く握られた両手。勢いよく上げられた彼女の顔は、悲痛に歪んでいて。

「わかってるわよッ!!　あんなのッ！　意味のない八つ当たりだってッ!!」

濡れた声で叫び、またしても力無く項垂れ、啜り泣き始めた。

……これどうしたらいいの⁇

「……秋人くん、女の子泣かせちゃダメなんだよ？」

後ろから耳元に口を寄せていた間宮から呆れたような声で告げられる。

俺のせいってだけじゃないと思うんですよ。間宮さん？

「……ごめん、もう落ち着いたから」

しばらく俺と間宮の二人がかりで水瀬先輩を落ち着かせると、泣き止んだ彼女は消え入るような声量でそう言った。

「なんか、ごめんなさい」

「……別にあんたが悪いわけじゃないし。全部悪かったのはあたし。謝るべきなのもあたしよ」

憑き物が取れたかのように水瀬先輩は言って立ちあがり、間宮と俺を交互に見やる。それから、少しだけ迷うような素振りを見せて、泣いていたからだけではないほどに頬を赤らめつつ、

「――二人とも、本当にごめんなさい」

腰を折って頭を下げた。

水瀬先輩の顔が見えない間に間宮とアイコンタクトを交わせば、小さく頷かれ、

「顔を上げてください。大丈夫です。これは不幸な行き違いがあった……そうですよね」

確認するように……されどそういうことにして収めたいという間宮の思惑が読める言葉だったが、顔を上げた水瀬先輩はゆっくりと首を横に振る。

「……違うわ。何度も言わせないで。全部、あたしの被害妄想よ。篠原くんを取られたと思ったのだって、本当は篠原くんがあんたのことを好きになっただけ。あたしが振り向いてもらえないのは断られるのが怖くてアプローチをしていないから。あんたにそれら全部を押し付けたあたしの行いは……どう繕っても最低よ」

自嘲気味な表情と声には反省の意思が乗っているようだった。

「だって、そうでしょ？　本当に好きなら、他に山ほどやることがあるはずだから。……認めたくないけど、あんたの言葉で目が覚めたわ。あたしの好きは、淡いのよ」

「誰しも淡い感情から始まるものですよ。問題は、どう向き合うかだと思います。誠実に、真剣に考えることで、少しずつ濃くなっていくのではないですか？」

「……ほんと、いけ好かない後輩ね。あたしの恋を真剣じゃなかったって突き付けられてる気がするわ」

「そんなつもりではなかったのですが……」

「でも、そうでしょ？　現に……あたしは嫉妬に身をやつして、こんなことをした」

肩を竦めながら水瀬先輩はため息をつく。さっきよりも幾分か穏やかそうな表情に見えるのは、気のせいではないと思う。

「あたしの方が篠原くんを好きなのに、篠原くんからの好きは手に入らない。でも……それで歪んだのはあたしの責任。篠原くんも、そこの君――」

「藍坂秋人くんです」

「……藍坂も、篠原くんに好かれているあんたも好きじゃないけど、何一つ悪くない」

きっぱりと涙の痕を拭って水瀬先輩は言い切る。

人間の感情はそう簡単に割り切れるものじゃない。それが恋愛感情……人を狂わせるとまで言われている強い感情であれば猶更だろう。

　女性不信が治らず、けれど間宮から『好き』と伝えられている俺でも多少は理解できる。もしも自分が求めていた好意が他の誰かに注がれていたとしたら……たとえ許されないとしても、今回のような行為をしてしまうのはおかしくないと思う。

「……でしたら、今回の件で私が水瀬先輩に求めるのは一つです。流した噂の否定を手伝っていただきたいです」

「俺からもお願いします」

「わかってるわ。尻拭いくらい自分でするわよ。でも、本当にそれだけでいいの？　あたしを吊るし上げようとか思わないの？」

　俺と間宮の要求を吞みながらも、水瀬先輩は困惑したように聞いてくる。

　罪を犯した意識のある水瀬先輩としては本当に噂の否定を手伝うだけでいいのかと……もっと言えば裏があるんじゃないかと考えて不安になったのだろう。だが、俺にも間宮にもそのような意図はない。

　望んでいるのは噂によって生まれた疑念と意識の改善。それに、冷たいことを言うのであれば、水瀬先輩を犯人として吊るし上げても俺たちに得がない。逆に間宮の優等生というイメージを損ねる可能性も考えると消去法的になしだ。

「先に言っておきますが、今回の件で私が何を言われようとも構わないと思っていました。元から男性との関係を噂されることはありましたし、藍坂くんと付き合っているなんて間違われたのもあの様子を見たら無理もないと思います。ですが――藍坂くんを巻き込んだことだけは許せません」

「……あんたにしたことも最悪だけど、関係ない人を巻き込むのも最悪。ごめんなさい」

しゅんとしたまま水瀬先輩は俺に謝ってくるし、間宮も「どうなの？」みたいな目で見てくるけど――

「……俺も別にいいんですよ。でも、間宮を心無い言葉と行動で傷つけたことは赦しがたいと思います」

今回、一番傷ついたのはあらぬ噂を流布された間宮だ。下手をしたら学校で孤立することになったかも知れないと考えると、被害は俺なんかよりもよっぽど大きい。

俺なんて間宮と同棲している彼氏だと間違われて、確認と圧をかけるために何十人単位で人が押し寄せて問い詰めに来ただけ。実害はないに等しいし、ちゃんと話せば「やっぱりあり得ないよな」とすんなり納得される。

「……じゃあ、君はあたしを赦さないで。あたしがこんなことを二度としないように」

「そのつもりですし、二度とさせるつもりもありません」

「肝に銘じておくわ。あんたもそれでいい？」

「構いません。まあ、水瀬先輩がもうこんなことをしないと信じていますけどね」

その微笑みは信頼よりも、裏切らないようにする楔（くさび）のようなもの。

信じてるという表向きには良いように聞こえる言葉を使って、間宮は水瀬先輩をコントロールしようとしていた。だけど、それに水瀬先輩も気づいているのか、参ったように苦笑して、

「……あんた、ほんといい性格してる」

「光栄です」

笑顔を交わす二人に『女子って怖いんだな』とうすら寒い感覚を覚えてしまう。怒らせないようにしよう、ほんとに。

「ああ、そうです。水瀬先輩も私を信じられるようになる魔法の言葉があるんですけど、聞きます？」

「……聞かせなさい」

さもいい提案のように言う間宮のそれを怪訝（けげん）そうに受け入れる水瀬先輩。彼女の耳元に間宮が口を寄せて、俺には聞こえない声量で何かを伝えると——

「……嘘じゃないのよね？」

「こんな嘘をつく理由がありません」

「まあ、あんたの雰囲気でわかってたつもりだけど……そう。あんたもある意味あたしと同じ……ではないか。伝えられているだけ先にいるし」

「水瀬先輩も篠原さんに想いを伝えてみては？　人間ですから言葉にしなければ伝わりません

し、その一度で決める必要もないのですから」

「……そうね。少なくとも、あんたよりは楽そうだし」

薄く笑みを浮かべる間宮と水瀬先輩が俺を一緒に見て——なぜか同時にため息。

「……俺、なにかした？」

「なんでもありませんよ。お互い大変ですね、と意識のすり合わせを行っただけで」

「そういうこと。ま、いいんじゃない？　あたしのタイプじゃないにしろ、改めてみれば可愛い顔してるし、彼」

「…………間宮、説明を頼む」

「私たちは仲直りしました、とだけ。そうですよね、水瀬先輩」

「敵ではないとわかったの方が正しいわよ。まあ、あんたがこれからも仲良くして欲しいって言うなら考えないでもないけど」

「是非よろしくお願いします」

間宮が水瀬先輩に伸ばした手。

それを彼女はじーっと見つめてから、仕方ないなと言いたげに肩を竦めて、まんざらでもない表情で握り返すのだった。

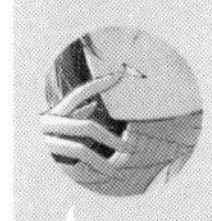

第9話　この想いだけは

「――どうしたんだよ秋人。俺だけならともかく、ひぃちゃんも呼んで相談があるなんて」

「確かに珍しいよね」

「……まあ、そうだな」

とある喫茶店の壁際の席に固まって座るのは俺とナツ、それから多々良の三人。

特に珍しくもない組み合わせだけど、今日は間宮の姿がない。

俺が誘ったのはこの二人だけだからだ。

「えっと、その……二人に訊きたいことがある。過去一で真剣な話」

「秋人が間宮のことを好きだけどどうしたらいいのかわからない――って話か?」

迷いつつも口にした前置きに、ナツは間髪入れずに確信を突いてくる。いや、なんでわかってるんだよ。思わず動揺が顔に出て頬が引き攣ってしまう。

俺の表情の変化で察したのか「やっぱりな」と得意げに頬を緩ませて呟くナツ。多々良は困惑しているようで俺とナツを交互に見ていた。

その反応は無理もないだろう。なにせ、多々良には放課後の写真撮影を目撃されたとき、俺と間宮は付き合っていないと伝えてあった。それが一転して『俺が優（ゆう）を好き』なんて話を切り出されたら、そりゃあ驚くと思う。

「……つまり、そういうこと。俺は、多分、優のことが好きなんだと思う」

「なんだよ多分って。しかもしれっと名前で呼んでるし」

……あ、いつもの癖（くせ）で呼んでた。

「………えっと、秋くんは優ちゃんのことが好きで、でも付き合ってなくて、どうしたらいいのかわからないってことで合ってる？」

「そう。ついでに言うと、秋人は恐らく初恋。恋愛初心者なんだよ」

「うるさい」

　要らない情報を付け足さなくていいんだよ。

「へえ……そうだったんだ。あんまり女の子が得意じゃなさそうなのはわかってたけど、まさか初恋なんて思ってなかったよ」

「……多々良に異性が苦手なのを悟られてるとは思わなかった」

「そう？　結構わかるよ、そういうの。秋くんが女の子と話しているのって滅多に見ないいし、機会があった光莉（ひかり）とも一対一にはならないようにしてたでしょ？　優ちゃんと話すようになってからは……なんていうか、そういう拒否感みたいなのが薄くなった気がしてた」

「うちのひぃちゃんはぽやぽやしてるように見えて意外と鋭いんだよなあ」

「それ、褒められてるの？」

「褒めてる褒めてる。世界一可愛いぞ」

「……ほんとかなあ」

ナツは多々良からの疑うような目線を受け流しつつ、それよりもと軽く手を叩く。

「それじゃあ逆に聞くけどよ、秋人が間宮を好きなら何を迷うことがあるんだ？　好きですって伝えて、答えを受けとる。それだけのことじゃねーの？」

「そうなんだけどさ……ナツはわかるだろ？」

「どういうこと？」

小首を傾げて問う多々良に話すべきか少し迷ったものの、ここまで巻き込んだのなら事情を説明するのが誠意だろう。

「中学校の頃に色々あって、一言で言うと女性不信になったんだ。今も治ってなくて、あんまり近くに来られたりすると吐き気とか眩暈がするんだ」

「……そう、だったんだ。でも、どうして優ちゃんは大丈夫なの？」

「それこそ色々あったんだよ。自分の意思ではどうにもならない司法取引的なやつが。そこはあんまり聞かないでくれ。俺だけの判断じゃ言えない」

「優ちゃんとの秘密ってことかあ。それなら聞かないよ」

微笑みを浮かべて追及を避けてくれる多々良に感謝しつつ、ミルクティーの入ったカップを傾ける。少しだけ冷めたそれはほんのりと甘かった。

間宮との秘密はおいそれと話せるものじゃない。俺だけが被害を受けるならまだしも、間宮にも深く関わっている内容だけに、表に出す機会はないだろう。

それに……元々それは俺を脅すために間宮が取った策だったが、今やお互いを信用するための変わらない材料になっている。災い転じて福となす、ではないかもしれないけど、間宮との関係を続けるうえでは必要不可欠な存在なのだ。

「ひぃちゃんが事情を理解したところで話を戻すぞ。秋人が女性関係でめんどくさい拗れ方をしてるのはわかったけど、だとしても伝えなきゃなにも始まらないだろ？　それとも……振られるのが怖いのか？」

「いや、実はそこに関しては何も心配いらないって言うか……そもそも、逆に俺が優から告白されて、断った」

「はあ〜〜〜〜っ⁉　なんだよそれ流石に初耳だぞ⁉　ってか断ったのかよ⁉」

「えーっ⁉」

「騒ぐな店の迷惑だろ」

「……これが叫ばずにいられるかよ。何人からも告白されてたのに一向に首を振らなかった間宮が秋人に告白したってだけでも驚きなのに、なんで断ってんだよバカか？　バカなのか？

いや、もしかしなくてもバカだね」

「そんなにバカって言わなくていいだろ。次のテストは見捨てるからな」

「ごめんなさい秋人さまどうかお慈悲を……」

　軽い態度を一変させ、両手を合わせて拝んでくるナツにため息をつきつつ、やっぱりこういう反応をされるよなと、改めて間宮の人望の厚さを実感した。

「優ちゃん凄い積極的だね……学校で見てる感じからすると意外かも」

「……優にも色々あるんだよ」

「まるで全部知ったような口ぶりだな。名前呼びしてるだけある」

　……もう無視でいいか。

「ともかく、そういうわけだから、優の気が変わってなければ振られる心配はしなくていい……はず。問題は俺の方」

「つまり？」

「……俺、優のことを多分好きって言っただろ？　自分でもわかってないんだよ。好きがどういう感情なのか。どんな想いがあれば相手を好きだってことになるのか。そもそも、こんなふわふわした考えのまま好きなんて伝えて良いのか――とか、さ」

　好きと言葉にするのは簡単だ。辞書で引けば意味も理解できる。でも、いまいち自分の感情に落とし込むことができていない。

　だが、迷いの隙間へ入り込むように、多々良の声が差し込まれる。

その言葉を言葉のままに呑み込んで考え、

「秋くん。優ちゃんと一緒にいて、楽しい？」

何気ない言葉だったが、多々良の表情は真剣そのもの。その言葉を言葉のままに呑み込んで考え、

「……楽しい。驚かされたり、変なこともされるけど、優といる時間は楽しかった」

「そっか。じゃあ、これからも一緒にいたいと思う？」

「できることなら、そうだな」

「それは友達として？　それとも――たった一人の、自分が愛する大切な人として？」

友達か、愛する大切な人か。

言わずもがな、間宮とは友達としても関係を続けていきたい。しかし、俺が「好き」と伝え、間宮が頷いたのなら俺たちは晴れて友達の枠を抜け、恋人という関係になる。

友達は何人いてもいい。でも、世間一般の認知として恋人と呼ぶ相手は一人だけ。俺としてもそこから外れるつもりはないし、そんな関係になりたいと思える相手が他にいるとも思えない。

だからこそ、恋人という関係性は代えの利かない特別なもので。

「……恋人になりたいかどうかはわからないけど、優のことは大切にしたいと思う」

俺の中にある認識を素直に答えると、多々良がじーっと真偽を確かめるように視線を送ってきて、やがて表情を綻ばせて笑みを見せた。

「光莉は良いと思うよ。秋くんらしい、優しい答えで」

「……自分勝手の間違いだろ」

「いいや。優しいよ、秋人は。隠すならもっとうまくやれって」

「隠してるつもりはない」

「そういうとこだよ」

ナツは鼻で笑ってカフェオレを一口。意図せず和やかな雰囲気になったことで、こっちの緊張が解れる。

「なら、いいんじゃねーか？　さっさと告って付き合っちゃえよ。誰も損しない。ついでに俺らとダブルデートな」

「異様なまでのダブルデートへのこだわりはなんなんだ」

「細かいことはいいだろ？　とにかく、秋人は間宮と付き合え。実質両想いなんだから、遅いか早いかなんだし。別に間宮の気持ちが変わってたとしても死ぬわけじゃない。そもそも秋人なら大丈夫だ」

「何を根拠に言ってるんだか……」

「優ちゃんは今も秋くんのこと好きだと思うよ？　多分、光莉が放課後に見たときくらいから……だよね。光莉に隠したのは秋くんを守るため。変な疑いをかけられても迷惑でしょ？まあ、優ちゃんがあの場で秋くんと付き合ってるって言っても、光莉は信じたと思うけど」

「……なんであのときからってわかったんだ？」

「うーん……雰囲気、かな。上手く言えないけど」

えへへ、と目を細めて多々良は笑む。雰囲気って……そんなわかるものなのか？　ナツと真剣に付き合っている多々良だからわかったのかもしれない。

「……そう、だよな。そんなの、俺が一番知ってる」

夕陽の射し込む放課後の教室で、初めて間宮から「好き」だと告げられた。それから、事あるごとに「好き」を言葉と行動で伝えられた。

正直、初めは嬉しさよりも戸惑いの方が大きかった。その言葉は真実だとわかるのに、自分の過去が無理やりに否定しようと騒ぎ立てる。

それでも、間宮は変わらず「好き」を伝え続けた。振り向くのか保証もない俺を相手に、諦めることなく。

「大切、だったんだ。また失うのを恐れて、見ないふりをしようとしていた。その感情を知りながら答えも出せずに繋ぎ止めて、穏やかな日々を続けようとした。考えていたのは自分のことだけ。……本当に、嫌になる」

女性不信があるからと言い訳をしても、間宮にしていたことは最低だ。なのに、今更自覚した想いを伝えるなんて虫が良すぎやしないだろうか。

けれど、たとえ最低だと罵られようとも、この想いだけは伝えなければならない。

漠然とした強迫観念にも近い感情からは完全に目を背けることは出来ない。むしろ、口を閉ざせば現実と感情の乖離に苦痛を感じるだけ。それを自覚してしまった時点で、引き返す道など存在しない。ここまできて停滞を選べるのなら、その感情は全くの別物に成り下がる。

いい加減、過去ばかりを見ていないで前を向くときなのだろう。

同じような想いを抱えていた間宮は、俺に「好き」と伝えることで前に進んだ。それを見ていた俺だけが足踏みしているのは、我ながら意気地がなさすぎる。

間宮から伝えられた「好き」には、目に見えない何かが乗っていた。胸が温かくなって、でも少しだけ気恥ずかしくて、甘酸っぱい……そういう何か。

果たして俺の「好き」に、そういったものはあるのだろうか。

わからない。自分だけでは答えは出せない。

けれど。もし。この言葉を間宮に伝えて、同じような感覚を抱いてくれたのなら。

「……ナツ、多々良、ありがとう。二人のお陰で踏ん切りがつきそうだ」

「いいってことよ。後で結果は聞かせろよ？　ダメだったら慰めてやるからよ」

「なっくんはこう言ってるけど照れ隠しだから大丈夫」

「おい」

あははと笑う多々良につられて、俺も表情が綻ぶと、ナツは不貞腐れたように口を尖らせながらそっぽを向くのだった。

Epilogue

「終わっちゃったね、二学期」

誰(だれ)もいなくなった昼下がりの教室で、窓辺から外を眺めていた間宮(まみや)が振り返りつつ声を投げた。今日は終業式が行われて昼過ぎの下校となっているため、部活動の声も聞こえない。

明日からは晴れて冬休みが始まる。

結局、俺(おれ)は間宮に告白するタイミングを摑(つか)めずにいた。

「そうだなあ……なんかあっという間だった気がする」

「秋人(あきと)くんとこんな関係になってから二か月……長いようで短かったかも」

「最近は大変だったからな。まあ、噂(うわさ)の方は水瀬(みなせ)先輩の方が勘違いだったたってことで鎮まってきたし」

数日前、俺と間宮が付き合っているという噂は、言い出した張本人である水瀬先輩が勘違いだったと否定したことで徐々に鎮静化している。俺としてはやっと平穏な学校生活が戻ってきたことに安堵(あんど)していた。

「明日からは毎日会えなくなっちゃうって考えたら、ちょっと寂(さび)しいかも」

「……休み中、暇な日は付き合ってやる」

「毎日誘うから」

「毎日はやめてくれ」

「だって冬休みだよ？　課題だけじゃ味気なくない？　ましてや秋人くんの顔を見られないのは精神衛生上良くないよ？」

俺からマイナスイオンでも出ているのだろうか。

間宮と顔を合わせなくなるのは俺も少しだけ……ほんの少しだけ寂しさはあるけど、スマホ一つで連絡が取れる時代だし、家も近いから会おうと思えばすぐに顔が見られる。多分、冬休みの課題でわからないところを聞いたら「じゃあ今から家行って教えるから」みたいなノリでインターホンが押されそうだ。

間宮に教えてもらえるなら効率という面ではいいのかもしれないけど、その場合は色々と覚悟しなければならないだろう。同じ部屋に意図的か無意識かわからずとも無防備な間宮がいては集中力が削がれてしまうし、何より俺に意識させようとしているのが余計に良くない。

「それはそうと、さ。冬休み、どこかのタイミングでいいから秋人くんと一緒にお出かけしたいな……なんて」

「……まあ、いいけど」

頬を赤らめながら照れ隠しのつもりか視線を合わせないまま口にした間宮に対して、不覚にも可愛いと思ってしまったのは顔に出さないようにして返事をした。元々関わるはずのなかった異性である間宮が日常に溶け込んでいながら、それを当たり前のように受け入れてしまっている現状に違和感を抱いてしまう。

それでも一緒にいられるのは俺自身が間宮を信用していて、逆も同じだからだろう。

「このままどっかでお昼も食べていかない?」

「いいけどどこ行く?」

「少し歩くことになるけどラーメンとかは? 寒いからあったかいのが食べたい」

「……他の人に見られるんじゃないか」

「そのときは噂が止んだからお詫びも兼ねてのお食事会ってことにしよっか」

……それはそれであらぬ誤解を生みそうだけど、していることは一緒に食事をしているだけだから大丈夫か。行先も決まったところで帰りの支度をする。

冬休み中に学校に教科書などを取りに戻らなくてもいいように忘れ物のチェックを済ませたところでリュックを背負えば、もう見慣れた黒いコートを羽織った間宮が教室の扉のところで手招いていて、

「それじゃ、いこっか」

「ああ」

今日も、いつものように二人きりで帰るのだった。

二人で歩く帰り道。

十二月も半分以上が過ぎて、コートの隙間からも冷たい空気が入り込んでくるようになり、吐く息も昼間なのに白く曇っている。並木からは綺麗に葉が落ちていて、景観的に殺風景となった枝が風に揺れていた。

周囲にはちらほらと同じ制服を着た生徒の姿が見られ、噂のこともあってか俺と間宮の方へと意味ありげな視線を向けてくる。

だが、あえてそれらを無視し、二人で並んだまま歩く。

「……やっぱり見られてないか」

「そうかもしれませんね」

「気のせいだと否定して欲しかったのわかってるよな」

「こうしておいた方がいざという時に外堀が埋めやすいですし」

微妙な顔になってしまう俺とは正反対に、嬉しそうに目を細める間宮。

それが意味する意図を察せないわけがない。

「時期も時期ですから」

「時期？」

「——クリスマスは誰かと過ごしたいですよね」

隣で囁かれる一言に内心「あぁ……」と唸ってしまう。

十二月の一番大きなイベントごとと言えばクリスマス。一部の人たちは恋人と過ごすらしい特別な日。

要するに、そういう関係になりたいと思われているわけで。

俺が想いを伝えるにも絶好の機会ではあった。

「……イブか当日。どっちかなら、合わせる」

「そうですか。楽しみにしていていいんですよね？」

「過度な期待はしないでくれ」

「構いませんよ。秋人くんと特別な日に一緒にいられるのなら、それだけで楽しいですから」

「………………」

「それに、一人で過ごすクリスマスはちょっとだけ寂しいので」

儚げとも取れる笑み。一人に慣れていても、寂しさを感じない理由にはならない。

間宮のメンタルがそこまで強くないことは知っている。学校で見せている姿ほど完璧ではなく、普通に泣いて笑って怒る年相応の少女らしさも持っている。

それにしたってクリスマスか……あんまり考えないようにしていたけど、状況だけ見ればデートと取られても不思議じゃない状況だよな？

……安請負するんじゃなかった。

今からもう胃が痛い。

「行先の相談には乗りますから。そうやって話すことも特別な時間を彩る材料の一つになります」

「……助かる」

困らせているのは間宮の方では？　という疑問があったものの、言ってどうにもならないなと感じた俺は言葉を呑み込んで歩き続けるのだった。

◆

「……アカ姉、ちょっといい？」

夜。

珍しく日本酒を飲みながらテレビを見ていたアカ姉に意を決して声をかけると、「どしたの？」と軽い調子の返事があった。

「あのさ、ちょっと聞きたいことがあるんだけど」

「アキが私を頼るなんて……いいわよ何でも言って50万くらいまでなら出す」

「妙に具体的な数字持ち出すのやめない？　って、そうじゃなくて。……その、さ。クリスマスに行くおすすめの場所とか、わかる？」

途轍もない聞きにくさを感じつつも口にすれば、初めはにこやかだったアカ姉の顔の笑みがさらに深くなる。まるで新しいおもちゃを見つけたかのような視線に自然と身を引いてしまうも、相談した手前なんとかその場に留まった。

「――お相手は優ちゃん？」

「……………だったら？」

「いやあ、遂にアキにも春が来たんだなあと思うと私は嬉しいよ。優ちゃんなら安心だからね。ところでいつ付き合ったの？」

「いや、付き合ってないけど」

真顔で言えばアカ姉が今度は苦い顔に変わる。

「……付き合ってないの？　クリスマスデートに誘おうとしてるのに？」

「残念ながら初めに誘ってきたのは間宮なんだよ。後でこっちから改めて誘うつもりではあるんだけど。あと、デートじゃない。ただ出かけるだけ」

「クリスマスに男女二人で出かけておいてそれは無理があるでしょ……」

呆れたように息を吐き出すアカ姉。

俺もそう思うけどさ……実際間宮と付き合っているわけではないし。一方で好意を寄せられていることも知っていて、だからクリスマスなんて特別な日に誘われているのだとも理解はしている。しているけど……それを他の人から言われて認めるのは抵抗があるのだ。

だけど、これは俺にとってはまたとない好機だ。クリスマスなら、自然な流れで告白できる……と思う。俺が変なところで引っ込めなければ、だけど。

「でもまあ、アキにはそれくらいのスピードがいいのかもね。いきなりチュッチュッしてても壊れちゃったのかなって思うだろうし」

「……しないからな？　間宮は友達だ」

「わかってるわよ。でもね、女の子って時に自分が欲しいものを手に入れるには手段を選ばないの」

「つまり？」

どういうことかと聞き返せば、アカ姉は嬉々とした表情で口を開いて、

「クリスマスに優ちゃんと二人きりでお出かけでしょ？　知らないかもしれないけど、クリスマスには性の六時間ってものがあって――」

「弟になんてこと言ってんの⁉」

「だって……ねえ？　思春期真っ盛りの男女が二人でいたらそうなっても世間的にはおかしくないのよ？　というか、クリスマスにデートをするようなリア充たちは軒並みそうなっていると断言していい。滅べばいいのに」

吐き捨てるように言い残してアカ姉はグラスに残っていた日本酒を一気飲みする。

俺はというとアカ姉から言われたあり得ない未来の姿を少しだけ考えてしまい、そんなわけないと首を振った。

馬鹿か、俺は。あの間宮がそんなことを考えているはずがない。

どうにか当日までには綺麗さっぱり忘れておこうと心に固く決めていると、

「そうそう、アキ。もしも優ちゃんとするならそれはそれで構わないけど、しっかり避妊だけはするのよ?」

「……………まず間宮とそういうことをするつもりはないから。そもそも付き合ってもいないのにそれはダメでしょ」

間髪入れずに否定を返せば安心したようにアカ姉の目元が僅かに緩む。それが大事なのはわかるけどさ……順番みたいなものがあるんじゃないかと思うわけで。高校生なら付き合う前からそんな関係にはならないと思う。

「一応姉として言っておいただけだからね。ま、アキが無理なのはわかってるけど、相手が優ちゃんならわからないかなーって思っただけ。紳士なアキから言い出すことはないだろうけど、優ちゃんはどうだろうね。ああいう子って結構積極的だったりするのよ?」

心当たりのありすぎる指摘を受けて静かに喉が詰まった。前者の方に関してもそうだけど、後者を否定する材料は今のところ俺にはない。なんたって間宮は承認欲求を満たすために裏アカを始め、それを目撃した俺の口を封じるために躊躇いなく胸を触らせ、過激な写真を撮らせるような強すぎるメンタリティの持ち主。

この間の勉強会が始まる前だってあんなことをしていたわけだし……間宮が押してくる様子

は簡単に想像できる。

「それで、デートプランを考えて欲しいんだっけか？」

「違う……けど、まあ、そんな感じ」

「仕方ない。ここは姉として優ちゃんのために一肌脱ぐとしましょうかね！」

「俺のためじゃないの⁇」

「細かいことはいいのよ。任せなさい。完璧なデートプランを考えてあげるから」

不敵に笑うアカ姉のそれに、俺は『相談する相手間違えたなあ』と、そこはかとない不安と後悔を感じるのだった。


「……寒っ」

12月24日――クリスマスイブの午後。

待ち合わせ場所にしている駅のベンチで時間を潰している最中も、刺すように冷たい空気が肌を撫ぜた。あまりの寒さに家を出たときから両手をコートのポケットに入れて暖を取っているが、やっぱり寒いものは寒い。

吐く息は白く、家で見て来た天気予報によると氷点下らしい。そりゃあ寒いわけだと思いながら首に巻いてきたマフラーの防寒性能に感謝しつつ、これぱかりは仕方ないと諦める。

頭上に広がる空はまだ明るいが、2、3時間もすれば暗くなってしまうだろう。帰りもそれなりに遅くなってしまうことを伝えてあるけど……そこに全く深い意味はない。それは間宮もわかってくれているはずだ。

というのも、俺は間宮を今日……クリスマスイブという日に誘うこととなった。なので行先は同じだけど、一緒に向かうのではなく待ち合わせの形をとっている。

間宮曰く、私の私服を楽しみにしててね？　とのことらしい。そう言われれば一緒に行こうとは言えず、俺は妙な緊張感を抱えたまま待ち合わせ場所の駅へ向かうことになったのだ。

「……大丈夫、だよな」

スマホのカメラを起動して自分の姿を確認する。

今日はアカ姉に服装や髪型をコーディネートされた。

下はスマートな印象を受けるような黒いスキニー、上はベージュのニットセーターにダークブラウンのチェスターコートを合わせた、全体的にすらりとした雰囲気の服装。髪もカッコつけない程度に整えられたが、逆に普段と違い過ぎて難しい顔になってしまった。アクセサリーもつけようかと聞かれたけど似合わない気がしたので断っている。

これといって変な格好ではない……はず。

急に込み上げてきた不安感を遠ざけるべく首を振って周囲を眺めてみれば、スーツ姿の社会人や学生に混じって、手を繋ぎながら歩く男女の姿――恐らく恋人であろう人たちの姿も珍しくなかった。

そこでようやく自分も間宮が来たら同じような目で見られるんじゃないかと考えてしまい、ついついため息が漏れる。

不満なわけじゃない。嫌でも、今更約束をすっぽかそうとも思わない。ただ……俺は本当に今日、間宮に告白できるのだろうかと不安を感じてしまっただけで。

人の感情がいつまで経っても変わらない保証はどこにもない。

それがたとえ、強い感情である好意だとしても。

とりとめのない思考を続けながらぼんやりと空を眺めていると、不意に視界が塞がれた。

急なそれに肩と心臓が大きく跳ねて、

「――だーれだっ」

悪戯っぽい声が耳に届く。こんなことを俺にする相手は一人しかいない。

「……優、だろ？　なんでこんなベタなことを？」

「やってみたかったんだよね、こういうの」

正体を看破すれば両手が目元から離れる。振り返ると、真後ろには照れくさそうに微笑む間宮の姿があった。

膝上くらいの見るからに寒そうとしか思えない丈のカーキ色のスカート。そこからは黒いタイツに包まれた脚が伸びていて、底の低いブラウンの編み上げブーツが可愛さをプラスしている。上には白いコートを羽織っていて、間宮の長く艶のある黒い髪がより映えて見えて――っ

て、それ前に買い物したときに見た気がするな。新しく買ったのだろうか。首には寒さ対策なのか赤黒チェックのマフラーが巻かれていた。

「優、そのコートって」

「気づいた？　実はね、黒だけじゃなく白も買っちゃったの。なんでかわかる？」

「……いや、欲しかったからとか？」

「それも理由としてはあるんだけど半分かな。正解は……秋人くんが似合うって言ってくれたから、だよ？」

少しだけ長い袖を丸めた指先で押さえながら、マフラーで口元を隠しつつ呟いて。

喉の奥が煮詰めた砂糖のような甘さで焼けるような感覚があった。

らしくないいじらしさを見せる間宮のそれに思わず呻き声が漏れそうになったものの、なんとか呑み込んで深呼吸。

前に間宮と出かけた際、黒と白のコートでどっちが似合うかを聞かれて、『髪の黒が映えると思うから白』という旨の返答をしたことを覚えている。最終的には黒のコートを買った間宮が、その日は選ばなかった白いコートを着ていることに何も感じないわけがない。

「……ねえ、何か言ってよ。似合う……よね？」

不安げに目じりを下げながら、小首を傾げて訊いてくる。

頭を再起動させ、感じる気恥ずかしさを寒さで誤魔化す。

「似合ってる。俺が言ったこと、覚えてたんだな」

「うん。今日は特別だから。クリスマスデート……ってことでいいんだよね」

「デートじゃない。俺と優は付き合ってるわけじゃないから、今日はただの外出。友達として世話になってる礼みたいなものだ」

「手ごわいなあ。私みたいに認めたほうが楽になるよ？」

「そうかもな」

それはつまり、間宮が俺のことを好きだと白状しているようなもので。こんな日に、こんなサプライズをされて、こんなことを言葉の裏で伝えられては——流石に堪えるものがある。

同時に、間宮の気持ちが変わっていないことを知って、少しだけ安堵した。

「認める気になった？」

「……別に」

「もったいぶっても良くないよ。私って自分で言うのもアレだけど人気物件なんだから、早いうちに予約しておかないと」

「内見したら事故物件だったとかは勘弁して欲しいけどな」

「それ私のこと？」

「さあ」

とぼけて見せれば呆れたようなため息が返ってきて、流れるように腕を絡めてくる。そうなれば身体の距離も縮まって、間宮の胸のあたりが微妙に当たっていた。服のお陰で直接的に感触が伝わってこないけど、やっぱり微妙な気まずさを感じてしまうのはどうしようもない。

「……当たってるから離れてくれ」

「当ててるから大丈夫だね。それに寒いじゃん。イブってことは人も多いだろうし、はぐれないようにするのって大事だと思わない？」

正論のようにしか聞こえない言葉に秘められた要求は当然俺にも伝わっている。そこまで言われてはどうしようもなく、ポケットで温めていた手を出して間宮の手を握る。

「……はぐれないようにだからな」

「離さないよ、絶対」

握り返す間宮の手は冷たかったけれど、柔らかで、徐々に俺の手の熱が伝播し溶け合うような感覚を齎した。

「あったかいね、秋人くんの手」

「家出てからずっとポケットの中だったからな」

「じゃあ寒いのに感謝だね」

暗くならないうちから電車に乗って向かったのは前にも行ったショッピングモール。

すっかりクリスマスカラーに染まった街並み。入ってすぐの場所には色とりどりの装飾が施された大きなクリスマスツリーも立っていて、サンタの着ぐるみを着た人が子どもたちに風船を配っている。

ショッピングモールに来ている人も家族連れか恋人らしき異性の二人組が多く、傍から見れば俺と間宮も含まれていると考えたら複雑な気分だった。

「予定を言われたときから思ってたんだけど、今日はお買い物デート？」

「クリスマスプレゼントとか買えたらって思ったんだよ」

「……買ってくれるの？」

「そんなに高くないやつなら」

手加減してくれよ、と冗談めかして言えば、「一番いいのを選ばないとね」と嬉しそうに微笑みながらの返事があった。残念ながら俺には間宮の欲しそうなものはわからなかったため、もういっそ本人に選んでもらった方がいいだろうと考えてのこと。

「でも、クリスマスプレゼントかあ……小学生以来とかかも」

「そんなに？」

「私の場合、中学校に入る前くらいに親が離婚してたからさ。あ、そんな深刻な風に聞かないでね？　私は気にしてないし、もう慣れたから」

話しながら左右に広がる店へ視線を巡らせる間宮。横顔に悲壮感などはなく、ただ純粋に今を楽しんでいるように見える。

「秋人くん、あのお店見ていい？」

隣で間宮が指さしたのは雑貨屋。そこに二人で入り、ゆったりとした足取りで見て回る。

雑貨屋というだけあって、置いてあるものの幅は広い。

店先に飾られている他ではあまり見ないような柄のTシャツ、外国のお菓子、激辛系の食品などなど、なんとも言えないラインナップは普段からあるものだったはず。ほんのりと甘い匂いを漂わせるのはアロマだろうか。

流れているのはクリスマスらしい曲。

商機を見逃さないようにと置いてあるクリスマス関係の品々が、目を引くポップと一緒に並べられている。

クリスマスカラーの雑貨、小さなサンタクロースが閉じ込められたスノードーム、机に置けるようなサイズのクリスマスツリー。中にはスカート丈の際どいサンタクロースのコスプレ衣装も売られていた。

「ねえねえこれ可愛いんじゃない？」

そして、どうしてか間宮は真っ先にそのコスプレ衣装を指さして言い、手に取って軽く体に当てて見せる。もしもそのコスプレ衣装を普通に着ていたらと考えて、絶対に碌でもないことにしかならないだろうと瞬時に結論が下された。

「欲しいのか？」

「これを着て写真撮影っていうのもクリスマスっぽくていいかなとは思ったけど。男の子ってミニスカサンタコスの女の子好きでしょ」

「一般論的にはそうかもな」

「秋人くん的には？」

「……心臓に悪いからやめてくれ」

そっかそっか、と間宮は満足そうに笑いながらコスプレ衣装をあった場所に戻す。俺は胸を撫でおろしつつ目で追って――別に惜しいとか思ってないぞ。

非常に不本意ながら普段の撮影で間宮の下着は何度も目撃しているわけで、あのコスプレ衣装くらいの露出度合であれば耐えられるレベルだ。……まあ、問題はそれを着たまま色々見せようとしてくる間宮の行動にあるのだが、それはそれ。

「いざこうやって色々並んでる中から選ぶとなると目移りしちゃうよね。全部良いものに見えちゃうし、秋人くんが私のために買ってくれるものなら何でも嬉しいもん」

「……深い意味はないからな」

「わかってるよ。秋人くんはまだ返事をしてないわけだし。でもさ……そうだったらいいなって期待はしちゃうの」

眉を下げて笑いながら呟く間宮のそれに、胸の奥がちくりと痛む。

期待させているだけ、という今の状況が、どれだけ間宮に負担を強いているかを考えると心苦しいものがある。

「……秋人くん、私あれがいいかも」

変わらずに店内を見て回っていた間宮が突然、控えめな主張と共に指をさしたのはサンタ帽をかぶったテディベア。間宮のイメージからは離れていると言わざるを得ないテディベアのつぶらな瞳が、じーっと俺たちを見つめている気がした。

「今、私のことを子どもっぽいとか思ったでしょ」

「……子どもっぽいかはともかく意外ではあったな。間宮のことだからもっと実用的なものを選ぶものと」

「………まあ、自分でもわかってるからいいけどさ。私ね、テディベア好きなの。テディベアに限らずぬいぐるみとかも結構好き。枕元に置いてると寂しい気持ちを紛らわせる気がしてね」

「笑う気はないよ。いいんじゃないか？　誰に迷惑をかけるわけでもないし」

「そう言ってもらえると気持ち的には助かるかな。そういうわけで、いい？」

再度聞いてくる間宮に頷いて見せれば、やったとあどけない笑みが溢れた。間宮は両手を伸ばしてテディベアを手に取り、感触を確かめるように胸の前で抱きしめる。

穏やかな表情。今にも頬ずりをしそうな様子の間宮だったが、家ではなく店内なのを思い出したのか周囲をきょろきょろと確認。誰にも見られていなかったことを知り、息をつく。

「そんなに嬉しかったんだな」

「……だって、初めて秋人くんからもらったプレゼントだし」

「喜んでもらえたなら何よりだよ。それ、枕元に置いておくのか？」

「寂しくなったらこのテディベアを秋人くんだと思いながら抱いて寝るかもね」

「…………どう使うかは人それぞれだから構わないけどさ」

綺麗にラッピングされたテディベアの入った紙袋を左手に下げながら、右手は間宮と繋いだままショッピングモールから出て寒空の下を歩いていた。

空はもう暗くなっていて、白い星と月が天然のライトのように街を照らしている。

「それで、次はご飯だっけか」

「アカ姉が優と行くならって店の予約を取ってくれたんだ。気を遣うとか考えなくていいから」

「私としては嬉しいけど……いいの？」

「いいんだよアカ姉が勝手にしてることだし。洋食らしいけど大丈夫だよな」

「うん。あんまり外食とかしないから楽しみ」

間宮は隣で歩きながら笑みを浮かべて言う。

アカ姉に今日の行先を相談した際、「どうせなら夜も二人で食べて来たらいいじゃない」と半ば強引にセッティングされた。店の予約をしたのはアカ姉で、クリスマスプレゼントのつもりなのか代金もアカ姉持ち。

学生の懐事情としてはありがたいのだが、間宮との微妙な関係を把握されているような気がして落ち着かない。

スマホによる道案内を頼りにして到着したのは、こぢんまりとした隠れ家的な外装の店。

看板に書かれている名前を確認して扉を押し開ければ、来客を告げるようにチリンと涼しげな鈴の音が鳴る。店の中には食欲をそそる香りが広がっていて、温かみのある照明の光が満ちた店内は家族連れなどで埋まっていた。

少し待っていると、エプロンを付けた店員さんがやって来て、

「いらっしゃいませ。二名様ですか？」

「はい。予約していた藍坂です」

「藍坂さまですね。ご予約の席にご案内いたします」

店員さんに連れられて藍坂という名前の書かれたプレートが乗っているテーブルに向き合う形で座ると、店員さんは「ご注文がお決まりになりましたらベルでお呼びください」と一言残して礼を最後に去っていく。

「……アカ姉がどんな店を予約したのかとひやひやしてたけど、割と普通だよな」

「少なくともドレスコードとかはなさそう。家族連れでも気軽に来れるお店って感じがする」

周囲からは楽しそうに食事をする声が聞こえてくるが、不用意に騒ぐような人は見当たらず、心地いい空気が漂っている。あくまでカジュアルな洋食店という様子なので、俺と間宮のよう

な学生がいても不自然には思われないだろう。

　間宮は早速テーブルに置いてあるメニューを開く。

　名前と写真付きで載せられたそれらを眺めつつ、

「ビーフシチューにハンバーグ、オムライス……色々あるし、どれも美味しそう」

「……俺はハンバーグセットにするかな」

「かぶらない方がいいよね。それなら……私はデミグラスオムライスで」

　注文が決まったところでベルを鳴らして店員さんを呼び、メニューを伝えて待つことに。

「……それにしても、まさかまさかだよ。二か月くらい前は隣の席のクラスメイトってだけだった秋人くんと、こうしてクリスマスイブの夜にレストランで夕食を一緒に食べるなんてさ」

「本当にその通りだな。原因を知っている身からすると衝撃的だけど」

「そこはまあ、秋人くんには諦めてもらうしかないね。現在進行形で続けている無駄な抵抗も」

　悪戯っぽい笑みを浮かべつつ間宮からは目を逸らす。

　わかっている、本当は。

　女性不信があろうとも間宮と普通に接することができている理由が、もう秘密を写した写真があるから――ではないことに。間宮が俺のことを好きなのであれば俺が被害を受けることをするはずがないし、間宮の方もメリットがない。

　この秘密で歪な関係が終わることを間宮は望んでいないし、俺も表面上は否定しつつも心のどこかでは続いていて欲しいと思っている。

　それが間宮に見抜かれていないわけもなく……この危うい均衡が保たれている。

「世間的に見たらそうじゃない？　クリスマスイブなんて特別な日に異性を誘うのって」

「……初めに誘ったのって優だった気がするんだけど」

「細かいことはいいの。最終的に誘ってきたのは秋人くんだし」

「なんか無茶言われてる気がしないか？」

「こんなに可愛い女の子とクリスマスイブを一緒に過ごせるって考えたらプラスしかないよね」

「…………学校の奴らに知られたらどうなるかは考えたくないな」

　そうなれば最後、平穏な学校生活は終わってしまうだろう。

　細心の注意は払うつもりだけどバレない保証はどこにもないし、なんならもう内海と水瀬先輩の件で二度も危ない目にあっている。

「もしバレたら私が庇ってあげるから。私のために争わないで――って」

「悲劇のヒロインじゃあるまいし」

「学校のみんなは勝手に解釈してくれるから大丈夫」

「優等生の名が泣くな」

「目指したとはいえ優等生って呼び始めたのは周りだから。本当の私は至って普通な、すげなく愛の告白を断り続ける誰かさんに恋する哀れな乙女なのです」

わざとらしい演技的な口調に反して、俺を見つめる間宮の目は笑っているが真剣そのもの。

言葉に詰まって咳払い(せきばら)いを挟み、どうにか話題を変えながら時間を潰していれば、店員さんが料理を乗せたカートを押してきた。

「お待たせいたしました、ご注文のデミグラスオムライスとハンバーグセットになります」

店員さんが間宮の前にデミグラスソースが海のように満たされているオムライスと、俺の前に熱々のプレートに乗ったハンバーグを運んだ。セットで頼んでいたコーンスープと俺の分のライス、二人分のカラトリーを置いてから「それではごゆっくり」と一礼をして去っていく。

「メニューで見てたよりも美味しそうだね」

「冷めないうちに食べるか」

会話もそこそこに水の注(そそ)がれたグラスを鳴らしてから、食事を始めるのだった。


「――美味しかったね」

「そうだな。アカ姉に感謝しないと」

アカ姉が予約した洋食店での食事を終えて、再び寒空の下を歩いて次なる目的地へと向かいながら食事のことを思い出していた。

俺が頼んだハンバーグは肉厚ながらとても柔らかな焼き上がりで、ナイフを入れると濃厚なデミグラスソースと溢れた肉汁が絡み合っていた。当然味の方も満足のいくもので、機会があればまた来たい。

間宮の方もデミグラスソースがたっぷりのオムライスを美味しそうに食べていたことから好評のようだったし、お互いのものを交換したりもした。

……流石に食べさせ合うことはしなかったけど。

「それで……次は、イルミネーションだよね」

「駅近くの毎年やってる場所だけどな。優は見たことあるか？」

「ないかも。あっても明るい時だけ。でも、私は楽しみだよ」

少しだけ、間宮が互いの距離を詰めてくる。

肩と肩が触れあい、隣を歩く間宮の存在を強く意識してしまう。

店を出てから手は繋ぎ直している。歩きながらチラチラと隙を窺うように間宮はこちらを見てくるが、視線が交わってしまうと悪戯がバレてしまった子どものように笑うのだ。

間宮は客観的に見て、とても可愛い容姿をしている。学校で優等生として振る舞うときとは違う、一人の女の子としての自然な笑み。その理由が好きだから、なんて特別なものであることを知る身としては、笑顔の奥にある真意を探ろうと意識してしまう。

「でも……クリスマスイブのイルミネーションって多分そういうやつらだけだよな」

「私たちも周りからすれば似たようなものじゃない？」

「酷い勘違いだ」

「イルミネーションを見終わる頃にどうなってるかはわからないよね」

意味深に口にする間宮に対して何かを感じないわけでもなかったが、追及を避けてイルミネーションへと向かった。


何色ものライトで彩られた庭園。夜の暗闇と混ざり合い、溶け合っている光の調和がとれた空間は、どこか現実離れした雰囲気が立ち込めているように思う。

周囲は綺麗なイルミネーション。空を見上げても夜の帳に散りばめられた煌めく星々。こういう場所に縁がないと思っていても、見蕩れてしまう光景だった。

だが……予想通り、イルミネーションなんてリア充御用達の場所。仲良さげな男女二人組の姿が至る所で散見された。

腕を絡めてイルミネーションを回る人たちはきっと恋人同士なのだろう。身体の距離感はともかく、二人の心の距離が近しいからこその表情をしている。

「凄いね、イルミネーション。ここって市が管理してる場所だよね」

「そうだな。昼間に来たことは何度かあるけど……綺麗だな」

「私とどっちが綺麗？」

「……どう答えても俺が不利になるから答えない」

「ケチ」

「ケチで結構」

不満げな雰囲気で言うものの、本気の様子はない。答えて欲しかったのはその通りなんだろうけど、どっちと答えても飛び火しそうな気がしたので黙秘することにした。

イルミネーション会場となっている庭園は間宮が言っていた通り市が管理している場所で、明るい時には何度か見たことがあったものの、夜に来ると全く別の場所のように感じる。それもこれもイルミネーションと、クリスマスイブの夜という特殊な環境がなせるマジックなのだろうと納得して――少しずつ、緊張が膨れてくる。

クリスマスイブの夜、女の子と二人きりでイルミネーションを見て歩くというシチュエーションだけを切り抜けばデートと受け取られても不思議ではない状況。

経験皆無な俺の精神は早くも悲鳴を上げつつあった。

しかも、予定していた目的地はここで最後。

「……秋人くん、緊張してる？」

「仕方ないだろ。そういう間宮は……いつも通りに見えるけど」

「そんなことないよ。嬉しいのと、照れくさいのと、失敗したらどうしようって不安で頭がいっぱい。こんなの初めてだもん」

　ぎこちない笑みがあって、ほんの僅かに間宮が握る手の力が強くなる。

「……俺が言うのもなんだけど、そんなに緊張する必要もないと思うぞ。状況に圧倒されそうになるけど、やってることは景色を見て歩くだけだし」

「元も子もなくない？　普段じゃ味わえない雰囲気があるじゃん」

「夜景として見たら綺麗なのは認めるよ」

　このイルミネーションを遠目で眺めているだけなら「綺麗だなあ」なんて感想で済んだだろうが、今日は当事者側の立場。ましてや一人でもなく、隣には間宮がいる。

　緊張するなという方が無理な話だ。

「ところでさ、私たちはいつまでここで待ちぼうけてたらいいの？」

「踏み出すのには勇気がいるんだよ」

「でも現実は準備完了まで待ってくれないことの方が多いよね」

　表情を緩めつつ、くい、と手を引く間宮。待ちきれない、という様子の間宮を見ていたら緊張が解れてくる気がして、俺もライトに彩られた道へと足を進めた。

「あれ、トナカイとサンタさんかな」

　道の傍にライトで描かれたイルミネーションを指さしながら「可愛いね」と言葉を零す間

宮に小さく頷きながら、俺も視線を奥へと送る。

イルミネーションに彩られた一本道。反対側から来る人たちもいたが、俺たちのことは意識外なのではと感じるくらい二人だけの世界に入っているために、あまり気にならなかった。

道幅も広くはないので、邪魔にならないように俺と間宮の距離感は歩いている最中に腕と腕が当たるくらいには近づいている。手も繋いだままで……緊張で手汗をかいていないか心配だ。

過度な緊張をしないでいられるのは、楽しそうにイルミネーションを堪能する間宮が隣にいるからだろうか。それとも、繋いだ手から伝わってくる、じんとした熱のおかげか。どちらにせよ、本人相手に素直には言えない内容であることに変わりはない。

「秋人くん、もしかしてまだ緊張してるの?」

「……なんていうか、場違いだなって」

「そんなことないよ。私たちもちゃんとここに溶け込んでる。そもそも、他の人だって自分たちのことに夢中だし」

だからさ、と。唐突に間宮は手を解き、それから指を絡めて結び直す。

意識させるように、間に隙間が開かないよう、ぎゅっと。

「……優?」

思わず怪訝に眉を寄せて訊いてみれば、目を細めながらの笑みが返ってくる。

「いいじゃん。他の人もこうだし」

「よそはよそ、うちはうちだと思うんだけどな」

「……秋人くんが嫌ならやめるけど」

言葉ではそう言っているけれど、間宮は続けたいと示すように上目遣い（うわめづか）をしながら、さらに身体を寄せてくる。

厚い衣服が間にあるから直接的な感覚としては弱い。だけど、このくらいの距離感にいても苦ではないと伝わるのが、むず痒（がゆ）くもあった。

個人的に言えば今の手の繋ぎ方――俗にいう恋人繋ぎなんてものをするのは、かなりの気恥ずかしさと申し訳なさを伴う。人の目があるなかでは恥ずかしい。

二人きりだったらいいかと聞かれるとそれも違うと首を振ることにはなるのだが。

それでもクリスマスイブという特別な日に、わざわざ間宮に時間を取ってもらっているのだから、なるべく望まれたことはしたいという思いもある。幸いなことに間宮と手を繋ぐこと自体は慣れてきたからか、明確な拒否反応もない。

「嫌ではない、とだけ」

「こういうのは素直になってくれた方が嬉しいのに」

「遠回しにひねくれてるって言われた？」

「真っすぐではないよね」

的確な指摘に何も言い返せず、勝ち誇ったように笑む間宮。

元より口で勝てるとも思っていなかったため気を取り直して先へ視線を伸ばせば、前から手を繋いで歩く男女がやってくる。彼らも当然のように恋人繋ぎで、手馴れた雰囲気を漂わせながら俺たちの横を通過していく。

「ね？　これくらい普通だし、誰も気にしないでしょ？」

「……なんかこれだと本当に恋人同士に思えて落ち着かないんだよ」

「今はまだ友達だから気が引けるってことね」

「まだ、は余計だ」

「バレちゃった」

軽口を交わして緊張を解しつつ、出口に向かって歩き続ける。

道を彩るイルミネーションを眺めて、写真を撮って、笑い合う。

当たり前のようで、普段とは一味違う二人だけの時間は、クリスマスイブというだけではないほど特別なもののように感じられた。

きっとこの思い出はいつまでも色褪(いろあ)せず、鮮明な記憶として残り続けるんだろう、なんて思いながら、イルミネーションを背景にして微笑む間宮を写真に収める。

「暗いとフラッシュが眩(まぶ)しく感じちゃうね」

「目をつぶっても取りなおせばいいだろ」

「そういうのを秋人くんに見られるの、なんか嫌。絶対変な顔になっちゃうし」

「それ以上に変なことをしている自覚はないんだな」

「……ここで脱ぐのはちょっと恥ずかしいしアブノーマルが過ぎるんじゃないの？」

「誰も脱げとは言ってないしいつも自分から脱いでるだろ」

まるで俺が悪いかのようにジト目で見てくる間宮に否定を返せば、誤魔化すためか俺の手からスマホを取って画面を確認した。

そして満足そうに頷いて、

「綺麗に撮れてるね。後で送ってあげるから」

こういうのは断っても送ってくると知っていたため適当に流せば、互いに会話を繋げなかったからか不意に沈黙が訪れた。

気まずいとは感じず、冷たい夜風だけが吹き抜けていく。

「……ねえ、秋人くん」

「なんだ？」

「どうして人は誰かを好きになるのかな」

「哲学の話ならわからないぞ」

「そういう趣旨じゃないってわかってて言ってるでしょ。ほんと、酷い人だよね」

はあ、と吐かれたため息。呆れられているのだろうか。

しかしそれに反して、間宮は俺の左腕に抱き着いてくる。急な行動には反応できず抱き着くことを許してしまう。強引に引き剝がすことも躊躇われ——最終的に抗議の視線を送るだけに留まった。

「ごめんね、急に。抱き着いてみたくなっちゃったの」

「抱き心地は悪かっただろ」

「服があるからね。でも、すごい安心する。このまま抱き枕として家に持ち帰りたいくらい」

「冗談だよな」

「そんなわけないでしょ？　私は秋人くんのことが好き。前よりも、その想いは強くなってる。誰の目もないと自制が効かなくなっちゃいそうなくらい」

ぺろり、と赤い舌を出して見せる間宮。

「……離れてもらってもいいか？」

「引き剝がしたらいいんじゃない？　私の身体を好き放題触ってさ」

「わざといかがわしい言い方をするな。で……なんだよ」

「なにが？」

「こんなことをしてまで俺に聞かせようとした話は」

わかってるんだぞ、と目線で訴えれば、間宮は小首を傾げて薄く笑う。

間宮は自ら離れて佇まいを直し、真正面に立つ。

「あのね、私、もう待てなくなってるの」

「俺の返事を、ってことだよな」

「日に日に秋人くんを好きな気持ちが大きくなって、私の胸で途方もない熱を帯びてる。もうどうにかなっちゃいそうなくらい、熱くて仕方ないの」

組んだ両手を左胸に当てて、浮かべる表情はどこか切なげ。

けれど視線と声に込められた熱量だけが、冬の寒さを遠ざける。

「だから……ごめんなさい。また伝えさせて。そして、今の秋人くんの答えが欲しい。前と変わっていなくても」

「…………ああ」

だから、俺は頷くことしか出来なくて。

目の前で深呼吸をする間宮を、俺はどんな目で見ていたのだろうか。

「──私は、秋人くんのことが好きです」

「…………」

「私の全部を知って、それでも私を信じてくれる……とても優しい人。私はそんな優しさからくる行動と想いに何度も助けられた」

「…………」

「私は秋人くんを信じてるから。理由付けに使っている写真がなくても。秋人くんが私を信じられなくても、私が秋人くんの分まで信じるから。この好きな気持ちに裏なんてないから」

耳に入ってくる言葉が、古い傷跡を癒すように温かい。

間宮には嘘をつく理由がないし、そんなことで誰かを傷つける人ではないことを知っている。

だから、俺も間宮を信じている――と言いたい一方で、冷たく囁く声がある。

その『信じてる』を、お前はどれだけ信じられるのかと。

「――秋人くんの答え、聞かせて欲しい」

一点の曇りもない瞳。

神秘性すら感じる夜闇を照らす色とりどりのイルミネーションに飾られた間宮の微笑みは、夜空にひっそりと浮かぶ月のようで。そんな魅力的な笑顔を前にして、黙考する。

俺にとっての間宮は、友達という域を出ない……出なかった相手だ。だけど、今は好きだと伝えて、友達を越え、恋人になりたい――のだろう。ここは未だにはっきりしないけど、間宮が大切な人という認識に変わりはない。

間宮との関係が始まったのは、ほんの偶然。裏アカなんて秘密を知り、脅され、それを互いに許容している。一蓮托生で、裏切りの許されない薄氷の上。それでも、俺たちは友達としての距離感を維持していた。

歪な関係であることに疑いはない。

そこにある感情は本物だ。

夕陽が射しこむ放課後の教室で伝えられた「好き」も。

家で囁かれた「好き」も。

たった今、イルミネーションを背景に再度告げられた「好き」も。

全部、全部覚えている。

「優は、やっぱり優しいんだよ」

今の明言しにくい関係は、間宮が握っている証拠写真によって成り立っている。もしも、それがなくなったら、間宮の友達であり続けることが出来るだろうか。もっと言えば、間宮の「好き」も、俺の間宮に対する「好き」も信じられるだろうか。

わからない。わからなくて当然だ。なにせ、証拠写真がない状態で間宮と関係を構築したことがないのだから。

それなのに、間宮は写真がなくても俺を信じると言ってくれているんだ。間宮だって誰かを信じるのは怖いはずなのに。

「でも、俺がその優しさにばかり寄りかかるのは……違う。付き合うって……恋人になるって、もっと対等で、支え合うような関係だと思うんだ」

間宮とこの先を望むのなら……危うい均衡を一度崩さないと、どこかで必ず歪が生まれると思う。取り返しのつかない欠落が。

水瀬先輩との一件で、間宮が抱える想いの丈を知った。深く、広く、ある意味では重いとも評価されそうなほどの感情を疑う余地はない。

間宮の好きは答えを待てないくらいに熱い。それ自体はとても尊い感情だと思うし、向けられている側としてはとてもありがたいとも思う。

けれど、このまま無理に一緒になったとしても、間宮の想いについていけないんじゃないかという懸念もある。間宮はそれすら許容してくれるかもしれないけど、今度は俺の方が間宮の負担になってるんじゃないかと考えてしまう気がする。

「……そう、かもね。脅迫関係で成り立ってる私たちとは大違い。でもさ、私にはその関係をどうにかしたら付き合ってもいいって言ってるように聞こえるんだけど」

「――だから、俺の方からも言わせてくれ」

この想いを伝えずに今日を終えるなんて、出来るはずがない。

緊張が高まっていく。胸の奥が震えて、汗がじわりと浮かぶのがぼんやりとわかる。震える手。指をゆっくり、一本ずつ畳んで握る。息を吸って、長い時間をかけて吐き出す。

まともに間宮の顔を見られない。でも、顔も見ずに告白する方が嫌だ。

恐る恐る、間宮の顔へピントを合わせれば……驚いたようにこっちを真っすぐ見ている。

「ずっと考えてた。優のことをどう思ってるのか。それで、わかったんだ。優のことは友達としてよりも、一人の人として大切なんだって」

「……それって」

「でも、まだ恋愛感情としての『好き』なのかは定かじゃなくて。……いや、これは逃げ道を作るための言い訳だな。少なからず優のことが好きじゃなかったら、こんな気持ちになることはなかったはずだから」

自覚はなくとも、自分の反応がその感情を何よりも雄弁に肯定している。

再び、一呼吸間に挟む。吹き抜ける冬の夜風が冷たく、顔に溜まった熱を和らげる。絶えず輝くイルミネーションを背景にして、月明かりが間宮の顔を照らした。

きゅっと口を結んで、どことなく緊張した面持ちの間宮。

一言。

たった二文字の気持ちを伝えることがこれほどまでに難しいとは思わなかった。

ここで怖気づいたら何もかも台無しだ。期待だけさせて裏切ったら、今度こそ自分を許せなくなる。

落ち着け。緊張するのは当然のこと。緊張してるのは俺だけじゃない。

もう一度、間宮と向き合う。夜の暗さに溶けていて、けれどイルミネーションの灯りによって照らされている黒髪。薄っすらと朱の射した頬の白。つぶらな黒瞳に映り込むのは、いつになく強張った表情をしている自分の顔。

間宮の目は期待と不安で揺れていて、どちらかと言えば前者に寄っている気もした。そわそわと動いている両手。細い指がコートの裾をつまんでは離れてを繰り返している。

「……優」

「…………はい」

落ちた沈黙。待ちわびるかのように間宮の睫毛（まつげ）が一度降りて、心を決めたかのように持ち上がった。

「俺は優のことが、好きだ。大切だ。友達じゃなく、隣を歩ける人として、一緒にいたい」

「…………うん」

「だから――付き合って、欲しい」

言った。言い切った。

もう、数分前の関係には戻れない。

心臓が飛び出るんじゃないかってくらい強く拍動している。喉の奥が詰まって、息が思うように出来なくて、キーンと耳鳴りのようなものまで始まった。夜空が回る。違う、これは眩暈（めまい）だ。足元が歪（ゆが）んでいるような錯覚が、視界を侵食してくる黒と共に襲ってくる。

それでも、倒れないように意識を気力で保って、視線は間宮から外さない。外してはいけないと、思った。

数秒しか経っていないはずなのに、時間が無限に引き伸ばされたように感じる。

もしかして、間宮に断られるんじゃないか。そこはかとない不安が膨れて、膨れて、回れ右をして逃げ出したくなる衝動が湧（わ）き上がる。

違う。間宮の気持ちを疑うな。信じるんだろ、あんな写真がなくたって。俺が望んでいるのは純粋に互いを信じた先にある関係。こんなところで躓いていられない。

間宮は一瞬、俺の不調に気づいたのか手を伸ばそうとするも、途中で首を振って留める。そして、真剣な表情に変わったかと思えば、

「……それが、秋人くんの答えなんだね」

「散々悩んで、あの二人に相談してやっと出せた結論だけどな」

「…………私たちの秘密、話したの？」

「あんなこと話せるわけないだろ。そもそも、二人だけの秘密だって約束だ」

「そうだね。そう。二人だけの秘密。……まさかそこから、こんな風になるとは思わなかったけど」

そうでしょ？ と頬を緩ませながら聞いてくる。

初めて間宮が裏アカに使うための写真撮影をしていたのを目撃し、脅迫されたという経緯を考えると、どうやっても好きになるなんて展開はあり得ないように思ってしまう。

俺自身は女性不信で異性のことを信じられず、誰からも好かれる優等生だった間宮にも興味がなかった。なのに、半ば強制的に関係を続け、その末に過去を知って、他人と考えられなくなった。

きっと、そこで道が分かれたのだろう。

「思えば長いようで短かった気もするし、短いようで長かった気もするよ。時間にして二か月

ちょっと。季節が一つ進む間に、秋人くんに恋をした。もしかして、私ってちょろいのかな」

「……さあ。そういうこともあるんじゃないか？」

「ふふっ。そうだね。恋に落ちるなんていうくらいだし。そういう意味で言えば、秋人くんは私に落とされたってことでいいの？」

「…………盛大に突き落とされたかもな」

「じゃあ、ちゃんと手を伸ばして助けてあげないとね」

仕方ないなあ、とでも言うように、軽くため息をついて。

「――私も好きだよ、秋人くん」

花が咲くような笑顔を浮かべ、告白に対する返答を残して――間宮は腕を広げて近づいてくる。何をするつもりなのか薄っすらと理解して、でも受け止めない選択肢もないと諦め、間宮の身体を抱き留めた。

コートの少しだけ硬さを残した感触。息がかかるほど近かった顔は頬が触れあっていて、表面的な冷たさと、その奥にある人肌のぬくもりを伝え合う。

どうしてか、こうしているのが酷く落ち着く。耳元で間宮の呼吸のリズムが聞こえるからだろうか。だとしたら、自分で認めるのは恥ずかしいけど、間宮は特別なのかもしれない。

眩暈が遠ざかって、喉の奥のつっかえが薄れていく。世界が色を取り戻す。

「私、今日もダメだと思ってた。楽しい思い出を作ったけど、最後は苦いまま終わるんだろうなあって」

「期待外れで悪かったな」

「……わかってて言うの、良くないよ。叫びたくなるくらい嬉しくて、どうやっても表情が緩んで、今も変な顔になってないか気にしてるのに。秋人くんは意外と平気に見えるけど？」

「…………そんなわけ、ないだろ。心臓バクバクだし、声も震えるくらい緊張してる。わからないんだよ。経験がないから」

「私も同じ。初めての恋で、好きな人で……恋人なんだから」

間宮にしては珍しく、語気を弱めながら呟いた言葉の破壊力に思わず呻きたくなる気持ちを抑えながら……やっぱり抑えられずに「……っ」と小さな音が喉から零れる。

今の俺と間宮は友達ではなく、恋人、なのだろう。実感がいまいち湧いてこないけど。

「初恋は叶わないなんて言葉を聞くけど、どう思う？」

「叶ってよかったな」

「他人事みたいに言うんだ。私じゃ不満？」

「……まさか。好きじゃなきゃ、こんなことしてない」

「私もだよ。好きだから、こうしていたいの」

そっと囁く間宮。背中に回る力が強くなる。

「……秋人くん。期末テストで目標達成した報酬の、小さなお願いの権利使ってもいい？」

「俺に何かさせる気なら内容による、とだけ先に言っておくからな」

「そこは何も言わずにうんって言うところじゃない？」

むーっと口先を尖らせつつも、視線を右往左往させながら落ち着きのなくなる間宮。

間宮がこんなにもどっちつかずの態度をとるのは珍しい。面白いな、なんて思いながら眺めていると、遂に覚悟が決まったのか「よし」と呟いて、

「――思い出が、欲しい。恋人記念日ってことで」

「……どうしろと？」

「そこは秋人くんの裁量次第ってことで」

抽象的な要求だけを伝えて、間宮は両目を瞑って完全に待機の姿勢に入った。

……これ、本当にどうしたらいいんだろうか。

下手な真似は出来ないし、何もしない選択肢も存在しない。間宮は余程のことがなければ俺を拒絶はしないだろうけど、逆に俺が間宮にできることは限られている。

間宮は思い出が欲しいと言っていた。

「もう抱き着いてるんだけど、これは思い出のうちに入りませんか？」

「入りません。何のために抱き着いたと思ってるの？」

俺から抱き合うという選択肢を奪うためですかそうですか。……それ、実質的に求められてるのって一つでは？

意識したら身体が熱くなって、周囲へと視線を巡らせた。だが、誂えたかのように足音も人影もない。間が良いのか悪いのか、するなら今しかなさそうだ。

そっと、右手で間宮の頭を支えながら自分の顔を近づけて——唇が、ふっくらとした柔らかいものに一瞬だけ触れた。果てしない羞恥に耐えられず、すぐさま顔を離して、

「……これくらいしか思いつかなかったんだ」

咄嗟に出た言い訳をすれば、返ってきたのは控えめな笑い声。

「選んだ内容までは合ってたのに、どうしてほっぺにするかなあ」

「……まだ、色々厳しいんだよ。あと、そういうのはちゃんとするべきだと思う」

「なら、今回のは秋人くんに大切にされている証としておくことにします。それに、私と間接キスしただけで気分悪そうにしてた頃よりは良くなってるんじゃない？」

「どうだろうな。優だから、って理由はあるだろうけど」

女性不信が根本的に解決したわけじゃない。それでもできたのは、間宮と一緒なら前に進もうと思えたから。

「そういうことを平気で言えるの、ちょっとずるい」

「……ともかく、いつまで抱き着いてるつもりなんだ？」

「いつまでもって言いたいところだけど……そろそろ帰らないとだし。その前に、ちょっと目を瞑ってくれない？」

「お返しとか言ってする気だろ」

「わかってるなら何も言わずに目を瞑るのが優しさじゃない？」

「こっちはもう精神的にヘロヘロなんだよ」

「しょうがないなあ……じゃあ、もういいや」

言い切り、微笑んだかと思えば――頭が間宮にホールドされて動けなくなり、顔が近付いてきた。背伸びをした間宮とは身長がほとんど変わらない。先の展開が容易に読めた。

もう逃げられないんだと悟り、諦め……いや、受け入れて。

赤い唇が左頰に押し付けられる。

俺は今、キス、されているんだろう。

全く実感はわかないのに、頰に当たっている唇の柔らかさが、冬の寒さよりも感覚を鮮明に輝かせる。

そして、数秒の逢瀬(おうせ)の後に唇が離れて。

「クリスマスプレゼントってことで、どう？」

「……値段がつけられなさそうだな」

「非売品の超レアだよ。他の誰に欲しいって頼まれても絶対あげない。秋人くんだけが知ってる私の味」

「やっぱり重いんだよなあ……」

冗談めかして口にして、二人で目を合わせて笑い合う。

関係を持った理由はどうしようもなく歪で異質だったけど、重ねた日々が生み出した互いへの想いは本物だ。

だから、きっと、この先も。

間宮と同じ景色を見ていたい。

その想いを再確認し、顔を上げれば夜空から白い粒――雪が降り始めていることに気づく。

「優。顔を上げてくれ。面白いものが見られる」

「――すごい。ホワイトクリスマスだね。綺麗……っ」

花が咲いたような笑顔の間宮と一緒に空を見上げ、感嘆の声を漏らす。

「これなら思い出に残るんじゃないか？」

「そうかも。今日一日は全部、秋人くんからのクリスマスプレゼントだね」

「メリークリスマス。優」

「メリークリスマス。秋人くん」

言葉を交わして、付き合わせた笑み。

優しく暖かい時間に身も心も浸るように、雪が降るほどの寒さすらも忘れて、二人きりの幸せな時間を噛み締めていた。

あとがき

読者の皆様こんにちは。二度目の方はお久しぶりです。海月くらげです。二巻です。二巻が出ました。実感の方が追いついていませんが、きっとこれを読んでいただいている皆様の元には届いているのでしょう。

ともあれ……あとがきに何を書いたらいいのか三冊目でもわかりません。近況報告をしようにも一日の構成要素が睡眠、ゲーム、執筆くらいないので話せることがない……。

最近は暑いですし、湿気も凄いですし、本当に外に出たくないです。あ、でも海には行きました。ちゃんと磯の香りが風に乗っているんですよ。

本作の話に戻ると、『ウラカオ』二巻の季節は真逆の冬――クリスマスとなっています。秋人と優の二人が選ぶ関係の続きを見守ってあげてください。

それはそれとして、夏を舞台に書けるほど本作が続いてくれたら嬉しいですね。夏と言えば水着の女の子でしょう?（偏見）私はｋｒ木先生が描く水着姿の優を見たいです。ただ、売れないことにはなんとも言えないので、ぜひ購入していただけると嬉しいです。

九割不純、一割純愛――歪な出会いから始まった二人の物語は、一体どこへ着地するのでしょうか。私もわかりません。その時の秋人と優に任せるしかありませんね。秋人には頑張ってもらうことになるでしょうけれど。

ここからは謝辞になります。

担当編集者様。着地点に迷っていた私を導いていただきありがとうございます。出来上がった原稿は確実に良いものとなっていました。本当にありがとうございます。

ｋｒ木先生。一巻から引き続き、素晴らしいイラストを描いていただき、ありがとうございました。二巻の本文を書くにあたって、とても良い刺激を頂きました。

そのほか、本書に関わっていただいた全ての方々に厚く御礼申し上げます。本当にありがとうございました！

またどこかでお会いできることを祈っております。

ファンレター、作品の
ご感想をお待ちしています

〈あて先〉

〒106－0032
東京都港区六本木2－4－5
SBクリエイティブ（株）
GA文庫編集部 気付

「海月くらげ先生」係
「kr木先生」係

本書に関するご意見・ご感想は
右のQRコードよりお寄せください。

※アクセスの際や登録時に発生する通信費等はご負担ください。

https://ga.sbcr.jp/

優等生のウラのカオ2
〜実は裏アカ女子だった隣の席の美少女と
放課後二人きり〜

発　行　　2022年9月30日　初版第一刷発行
著　者　　海月くらげ
発行人　　小川　淳

発行所　　SBクリエイティブ株式会社
〒106−0032
東京都港区六本木2−4−5
電話　03−5549−1201
03−5549−1167（編集）
装　丁　　木村デザイン・ラボ

印刷・製本　中央精版印刷株式会社

ISBN978-4-8156-1598-7
Printed in Japan　　　GA文庫

試読版は
こちら!